侦探小说家的未来之书

周恺 著

译林出版社

目录

失踪

这发霉臭的大仓库有多少价值，

我倒是喜欢在寂静中站在这里。

——菲力浦·拉金《上教堂》

上

不必苛刻地去考证这场聚会的时间和地点，根据五人此前谈话的内容推断，应该是在文学刊物《早春》宣布停刊之后，也就是说，五人是从另一场聚会转战到这里。前一场聚会是在一间书店、咖啡馆或者圈中大佬的客厅，某人宣告了《早春》的终结，然后与这本刊物有关联的人轮流回顾它的生与死以及它掀起的“孤独者文学运动”。五人分散在几个角落，他们中的两人或三人互相认识，隔着讲演者的唾沫挥手招呼，再由其中一人牵头，逃离那个充满自负、虚假和口臭的环境。他们来到了这所房子，屋顶有阁楼和露台，从装潢来看，房子的主人拥有殷实的家底。五人当中有一对恋人——诗人骆闵和他的女友鲁莉,有一位小说家盛华,有一位杂志编辑常顺,还有一位是蝴蝶出版社创办人马玉。骆闵在整理衣袖,鲁莉低头看表,盛华启开一瓶茴香酒,常顺往杯子里夹冰块,马玉点燃了一支香烟。他们举起了杯子,在常顺的提议下,骆闵即兴创作了一首诗:"一株草,骑在另一株草头上,在没有露水的荒原,祈求一滴雨。一滴雨,坠着另一滴雨,在没有青苔的瓦缝,拴住一束光。一束光,攀着另一束光,在没有风的夜晚,捞水里的月亮。月亮上,猎人饮酒,豺狼作诗,兔子研墨,松鼠挥毫,鹧鸪啥也没干。她说,酒洒了或者墨洒了。"

盛华注意到骆闵趁着朗诵的时候,偷偷把半杯酒洒到了地上,"想想没有酒喝的年代,瑞士男人发现喝下的不是苦艾酒,杀掉了两个亲生儿子,两年后,禁酒令颁布,要到,要到一九一五年,法国人才用茴香油和蒸馏酒配制成,茴香酒,替代能让时间停滞的苦艾酒。"

常顺说:"就像是站在弗拉贡纳尔的画前,他把时间像香肠一样切开,再取出其中一片挂到墙上,你望着这片香肠,望了他妈的两个世纪。"

"操他妈的法国佬。"马玉捻灭了烟,摇晃杯子,弄得冰块吭吭响。

"从这里走回花园街要多久?"鲁莉问。

"半个小时。"常顺说。

骆闵借机转移话题，“上我家吧。”鲁莉冲他翻了个白眼，他又说：“或者就住这儿。”他看向马玉。

假设这所房子属于马玉，从头再整理一下线索，在书店、咖啡馆或者圈中大佬的客厅，马玉是发言者之一，她讲演的内容将为“孤独者文学运动”画上句号，台下至少有半数以上是蝴蝶出版社的作者。五年前，她收到《早春》杂志寄来的样刊，通读后，她告诉编辑，她打算出版这些小说，不管有多大困难。三年前，蝴蝶出版社陆续出版了《早春》上发表的小说，这些书刚摆在书架上，没有人留意到它们，直到其中一位作者因小说的阴郁风格，而被抑郁症患者刺杀，读者才在书店最不引人注目的位置发现了它们——既没有腰封也没有页码的毒药。她将宣布合同失效，这些作者别再向她讨要版税了。她正考虑用什么样的措辞，才能激怒那些狂妄而又卑贱的“孤独者”，最好还能有鸡蛋或者纸团横飞，用反抗终结反抗。常顺从第一排走了过来，他手里拿着发言顺序单，马玉被排在倒数第二个，最后一个是《早春》主编谷岸，谷岸的名字上打了一个括弧。马玉问：“还没找到？”常顺说：“谁知道是什么把戏。”接着，他们分别同盛华、骆闵远远地打了个招呼。常顺刻薄地嘲笑发言者，用公鸭嗓模仿他们的语气，当然，只有马玉能够听到。马玉拍了一下他的肩膀，“你要是溜走，这些家伙可就乱套了。”常顺说：“这场仪式有那么重要吗？他们早办好了签证，一个月后飞到奥斯陆，飞到斯德哥尔摩，飞到纽约，飞到多伦多，像忘记一夜情一样，忘记五年来发生的事。”马玉说：“是呀，有那么重要吗？”她站起来，朝盛华与骆闵打了个响指，走出门，才发现，同行的是五个人。

“不必了，我八点一刻就走。”鲁莉攥着桌布的一角。

“现在该谁发言了？”骆闵问。

常顺拿出顺序单，“轮到马玉了。”

“聋人拜访朋友，友人家的狗见到他就狂吠不止，聋人茫然不觉。进里屋见了主人，作揖之后，他对主人说，府上尊犬，想是昨夜不曾醒来。主人问，何以见得。答曰，见了小弟，只是打哈欠。”马玉说，“我的发言结束，各位好聚好散。”

盛华问：“压轴的是谁？”

常顺说：“谷岸。”

“缺少提琴的交响乐。”骆闵说。

“有人在码头上见过他。”常顺说。

“哪个码头？”盛华问。

“不知道，我们追出去，那傻逼已经穿进了人流。”

“也许是精神病院逃出来的。”骆闵说。

“但他咕哝了一句，‘山上的石头长着嘴嘞’。”常顺说，“谷岸失踪前，跟他妻子说过，他要去找一座会说话的山。”

“可怜的疯子。”马玉说。

“几点了？”鲁莉问骆闵。

骆闵答：“七点。”他又问：“是文学作品中的一个意象？”

常顺说:“代表与世事隔绝,自言自语?”

“也可能是真有这么座山。”马玉说。

“喝酒吧。”盛华举起杯子,“真是够荒唐的,他们都认为他还坐在那儿,不发出一点声响,连呼吸都藏着,甚至认为压根儿没这人。”

“我最后一次见他,是在《早春》编辑部。”骆闵对常顺说,“二月中旬,也可能是二月底,你们都放假了,他约我下午四点见面,我三点就到了,编辑部没人,门锁着,我坐在楼道等他,一个小时后,我想他该到了,又去瞧了一眼,门开了,靠,我一直在楼道守着呀。我去敲主编室的门,他请我进去,没有寒暄,他说我迟到了,我说,也就迟到几分钟而已。他引我去茶水间,我走在他后面,他是扁平的,就像一只影子站了起来。他沏了一壶茶,然后问我,有没有听过一位名叫沙夫的诗人,他念道,‘你这只黑鞋子,我在里面过了三十年,像一只脚,苍白而可怜,几乎不敢放开来呼吸或打个喷嚏。’”

常顺插嘴说:“普拉斯,早逝的坦白派诗人。”

“嗯,沙夫一定是他胡诌的名字。念完诗,他问我,第一次在《早春》发诗稿是什么时候?我说,两年前了。他说,‘我记得,我记得我还给你打了一通电话。’我说,‘我听到你的声音,说了一句,蒙谁呢?’我和他笑起来,他的支气管像是随时会折断。那时我丢掉了第一份工作——邮递员。理由有些可笑,我撕掉那些无法送达的信件的邮票,抹掉邮戳,再把邮票贴在装有诗稿的信封上，寄到各家杂志社，这个低劣的手段被发现后，邮局要求我补偿邮费，我逃之夭夭了。我还以为，那些诗稿半路被截下来了。”

“邮递员？有趣的职业。”盛华似乎改变了对骆闵的印象。

“我跟谷岸说，我偷看过一个女人的信，她寄信时，总会要求用白尾地鸦邮票而不是更便宜的黄腹角雉，我把她的信从邮包里取出，贴同一张邮票给她回信，用纪伯伦式的情话。持续了半年时间，有一天，上头责问我，为什么一封南宁寄来的信，在邮局存放了一个月都没有送达？我才知道，收信人已经在一周前去世了。我懊悔不已，在那封信里，儿子问父亲病情是否好转，他想回来。我跟女人之间的书信往来就这样断了，后来，我在她家楼下，朝她的房间瞧了一眼，也许她搬家了。”

“女人迟早会想起你这个邮递员。”马玉和盛华碰了一下杯。

“可是，谷岸感兴趣的根本不是那个女人，他关心的是死去的父亲，我知道的并不多。他坐在那里，什么也不说，隔着茶杯看我，好像我在瞒他。我只好瞎编了个谎，儿子仍然给父亲寄信，地址留的是公墓，我带上这些信件，去到那位父亲的墓前，我把这些信件点燃，灰烬撒在墓碑前，直到某天，信封没有燃烧完全，信笺掉了出来，信笺上空无一字，儿子像我一样，把这个行为当成了赎清罪过的祷告。原话怎么说的，我记不太清了，反正就是这意思。倒是谷岸的话我记得很清楚，他说，他这么说，‘我们只能用肚脐对话。’这是我在《早春》刊发的第一首诗。”

常顺说：“我想起来了，沙夫是杀父的谐音，普拉斯那首诗叫《老爸》。”

盛华说：“沙夫，杀父，有意思。”

“那故事也够矫情的。”马玉说。

“他问我，为什么没回去？我说，我宁愿在这破地方冻死。实际上，那是我在异乡度过的第一个春节，我在电话里跟我妈说，讲演和饭局一个接一个，她都快哭了，还劝慰我，忙一点好，她把电话递给我爸，我俩一句话也没说，真的，在听筒里听着对方的呼吸，然后挂断了电话。谷岸问我，我父亲好大年纪？我说，‘跟你差不多吧。’他说，他也不知道怎么解释父权，他讲了个故事，说他跟我一样年轻的时候，爱上了一个姑娘，那个年代，你们可能更清楚，自由恋爱是不允许的，更别提，那个姑娘是富农家庭。他干了件蠢事，在《毛主席语录》里夹了一小页纸，阐述了他对革命的爱和对她的爱同等重要，对，他原话就这么说的，对革命的爱和对她的爱同等重要，然后他就把语录塞进那姑娘的书包，他设想了几种结果，并甘心付出任何代价。几天之后，那姑娘走到他家门口，他父亲正在锯一根木头，他父亲停下活儿，从那姑娘手里接过那本语录，然后就翻出了那页纸，他说，他当时很想冲上去，把那页纸吞进肚里，他父亲继续拉锯子，好像什么也没发生。之后的一个星期、两个星期、一个月，他妈的，什么也没发生，但他却发现，他的书包、他的抽屉，甚至他的枕头，都被他父亲检查过，他就像看到自己的尸体正在被他解剖。他说，他父亲还是痛打他一顿更好。这故事没完，还没完，他说他知道，他父亲也在战战兢兢地保守着一些秘密，比如，比如藏在碗柜顶上的日记。有天，他父亲去镇上了，他就垫着凳子找到了日记，躲在草垛后，他逐字逐句地读了一遍，然后，然后你们猜怎么着，他把日记放到了工宣队办公室的窗台。那天下午，他父亲刚走到村口，就被押了起来，他看到他惊恐的样子，就像，就像一座摇晃的山，我忘记他怎么说的了，反正是一座什么样的山。几场批斗过后，他父亲就被送到了劳教场，'四人帮'垮台之前，死在了那里，替他父亲收尸的时候，他说他没有掉一滴眼泪，他觉得，那顶多算是一场报复。这故事没完，还没完，他说，他没想到的是，三十年过后，同样的遭遇发生在了他和他女儿身上，他说，他察觉出了他女儿的异样，发现她总是往卫生间跑，他把他的担忧告诉了他老婆，他老婆说，他们女儿已经有两个月没来月经了。然后，有天清早，他打开了他女儿卧室的房门，他女儿还在酣睡，一股臭熏熏的气味扑上来，地板上有一团呕吐的污物，他正要走过去的时候，他女儿突然翻身醒来，他说，他啥也没说，一步步地从房间里退了出去，就当什么也没发生过，什么也没发生过。"

“没看出来,他还是个敏感的父亲。”马玉说。

常顺说:“老爸,我不得不杀死你。可等到你死了,我仍没有时机。”

“这是父系文明的末日,我们终于看到了他们的懦弱,可是,如此一来,反抗就无意义了。”盛华说。

常顺说:“也许他只想做伦理的背叛者。”

鲁莉问:“几点了?”

骆闵端起水,润了润喉,“七点半。”

盛华问常顺:“你刚才说到了一个精神病人。”

常顺说:“我可没说过,他只是咕哝了一句‘山上的石头长着嘴’。”

“我想起谷岸写过的一个小说,或许多少能看出些精神病的前兆。”盛华说,“那天是我去找的他,我把预支的稿费花光了,《哭坟》只写了不到三分之一,我问他,能不能继续资助我去做调查,完成这部小说?他爽快地答应了。然后又递给我一篇他写的小说,写在老式的格子纸上,他说,‘你是小说家,期待你的批评。’”

“那些钱,你拿去勾搭女人了吧。”马玉说。

盛华没搭理她,“他说,这小说其实源自他小时候的一段经历。”

马玉的手不知什么时候被剐了一条口子,她在皮包里找出了创可贴。

“他小时候，有一次跟他哥去捕野味，他们在灌木丛用一根棍子支起箩筐，在里面撒上食物，运气好时，能捉到山猫和野兔，够一家子饱餐一顿了。他们早晨进山布置好陷阱，太阳落山前去收箩筐，那天中午下了雨，哥哥让他独自去瞧一眼，穿过泥泞的山路，他隔着老远就看到箩筐在摇动，但愿是一只山鸡，他想象着一口吞下又肥又腻的鸡腿。慢慢揭开筐口，一只幼鼠钻进了他的裤腿，吓得他满地打滚，他脱下裤子，倒拎着裤腿，不见幼鼠掉出来。打那以后，他的下体长出又粗又黑的阴毛，他怀疑幼鼠就躲在那里。他给我讲这个故事的时候，就这么，就这么停下来问我，听到吱吱的叫声了吗？”

骆闵、马玉都笑出了声，马玉说：“混蛋，下流。”鲁莉害羞地看了看表。

常顺问：“小说写的啥？”

“很奇特，没有标题，他把空白留给读者，或者没想好题目。小说只有两个人物，没有介绍背景，你可以把他们想象成医生、运动员、侦探或者某一种动物，他们的名字也很古怪——两个符号，我就用A和B来替代，姑且称他们为A先生和B先生。A先生与B先生在一条街上相撞，A先生爬起来，撸起袖管，准备揍B先生一顿，可是他没有找到B先生。读者会说，B先生溜了、A先生只是跌了一跤。A先生反驳你，他走着走着，就感到后脑勺也在呼吸，随后他摸了摸胸口，左边和右边各有一颗心脏跳动，更糟糕的是，他称体重时，表盘的数字是平时的两倍。他尝试了一些办法甩开B先生，比如倒立、跳跃、翻跟斗，甚至在后背涂抹胶水，贴到墙上，再用劲扯开身体。这些徒劳的运动使他食量大增，对的，也是平时的两倍，让他头痛的问题又来了，鸡蛋还是面条、盐巴还是酱油？渐渐地，A先生改变了养成多年的习惯，当他发现自己经常说一些陌生的词汇时，他冒了一身冷汗，那些词汇属于另一种语言。读者可以提出一个疑问，究竟谁是载体？你可以把两个符号对调，无穷的循环。但另一个疑问却无法解决，故事的结尾，A先生拿起枪，对准太阳穴扣动了扳机，那么这是一场谋杀还是自杀？A先生杀掉了B先生，还是B先生杀掉了A先生？当然小说成立有一个绝对前提，你得把作者当成上帝，相信他所说的一切。”

常顺高呼：“上帝？卡夫卡是上帝，贡布罗维奇是上帝，阿斯图里亚斯和福克纳只是上帝的使者。”

“这算是精神病的前兆？”骆闵问。

“他失踪之后，我才这么想。”盛华说。

马玉说：“小说有个毛病，作者向读者发起挑战，作者却始终藏在暗处放冷枪。”

盛华说：“我给谷岸回了一封信，开头夸了他一番，小说没有让人反胃的匠气，然后，我告诉他，上帝拿着变量，却要求他的信徒相信它是个常量，‘你不是上帝，而是个独裁者。’”

常顺说：“哈，父亲、独裁者。”

盛华说:“《哭坟》交稿那天,他还跟我说了一段话,‘再伟大的作品也是有漏洞的,因为它是虚构的,就拿《哭坟》来说,五十年后或者一百年后,能触摸到历史的人都死光了,它将成为一段证词,可是读者从中发现了破绽,前后不一、自相矛盾,借助《哭坟》,他们推翻这一段历史,你会认为他们有错吗?’我不赞成他的话,小说的目的从来不是真实还原,而是找到两个时代的共性,即读者所处的时代和作者所处的时代,如果它有幸是永恒的。他又说,‘人也是这样,我们活在他人的印象之中,当你试图整理关于我的记忆时,你会发现我也是破绽百出,激进还是保守、达观还是忧郁、果决还是优柔寡断,时间再久远些,胖还是瘦、高还是矮、十根指头还是九根半、戴眼镜还是不戴眼镜,你会像推翻一段历史一样,把我也推翻。’靠,结果,A先生和B先生都失踪了。”

鲁莉往骆闵身边靠了靠,头搭在了他的肩上。

盛华交稿那天,马玉也在场,但她全然不记得有过这一番对话,她能回忆起什么呢?谷岸用一支笔在文稿上批了几行字。他是左撇子?右手揣在兜里?常顺进来,谷岸把文稿递给了他。也是左手?右手揣在兜里?谷岸引荐了盛华,这个无聊的家伙竟然说,风韵犹存。为了在场面上挽回主动,她说,桑榆未晚。谷岸笑出了泪,他掏出一张手绢,右手从兜里掏出了一张手绢。马玉想,五根指头还是四根半?

钟表的声音格外突兀。

马玉清了清嗓子,“骆闵知道一九八四年的集体自杀吗?”

常顺说:“他们要是还活着,聚会就不会那么无趣了。”

骆闵说:“我听说过,但从来没弄明白自杀者的诉求。”

常顺说:“谁也弄不明白。”

“是呀,谁弄得明白。”马玉环视了一圈,确认别的人都在看着她后,望着脑袋假装想了想,“是八三年吧,对八三年,我交了一个男友,他编了一本民间诗刊,经常会组织作品交流会,他把我领进了文学之门。那年年底,他和一个婊子好上了,我们断绝了往来。一九八四年,就是集体自杀前两个月,他突然又跟我联系,他说,有人要暗杀他,我那会儿住在大学宿舍,舍友都不在,我们在那里上了床,两人累得都快虚脱了,他搂着我,反常地说,‘我们要个孩子吧。’一九八四年的第一个自杀者是一名大学生,她从教室的窗口一跃而下,没有任何预兆,她的肚子里还有一个未成形的男婴,几天后,游泳馆更衣室又发现一具男尸,经过确认,男尸正是男婴的父亲,死于水银中毒。就在学校拆除游泳馆的时候,一个高数讲师在出租屋里头,服用过量安眠药毙命,他的家属把灵堂摆到了办公楼,家属把他的死归咎于校方长期克扣教员工资。那期间,男友带着我,又回到了作品交流会,借用的是学校的礼堂,气氛已经不像以前那样了,礼堂里尽是暴风雨前低飞的燕子。短短一个月,又有三人自杀,当然不再局限于象牙塔内,被人羞辱的工人吊死在脚手架上、被强奸的妓女割开自己的喉咙、粮仓着火的农民喝下一整瓶除草剂。那时候的报纸依然以为，那只是一些孤立偶然事件，记者奔波于各类自杀现场，他们采访死者家属，分析轻生者的痛楚。西蒙书屋的老板把这些报道收集起来，那天，书店打烊后，他没有回家，他把报纸平铺在书店的地板上，盘腿坐在上面，用一根木棍，一下下重击自己的脑袋。他的妻子和女儿第二天来到书店，见到浸染了鲜血的报纸洒满了脑浆，两个女人相互搀扶着，要求警方查明真凶，法医的解剖与现场痕迹排除了他杀嫌疑，母女俩不肯相信这个结果，把死者安葬后，一块儿投了河。"

骆闵问："是你男朋友组织了那场集体自杀？"

"不知道。我们分手了，在他们自杀前一周，最后一次交流会，他站在台上诵读《末日审判》。"马玉逐句念了出来，声音低沉，似乎一边念，一边在酝酿情绪，"'我又看见一个白色的大宝座与坐在上面的，从他面前天地都逃避，再无可见之处了。我又看见死了的人，无论大小，都站在宝座前。案卷展开了，并且另有一卷展开，就是生命册。死了的人都凭着这些案卷所记载的，照他们所行的受审判。于是海交出其中的死人，死亡和阴间也交出其中的死人。他们都照各人所行的受审判。死亡和阴间也被扔在火湖里，这火湖就是第二次的死。若有人名字没记在生命册上，他就被扔在火湖里。'一周过后，这群人就穿上最华丽的衣裳，躺到铁轨上，汽笛声与他们的吟唱混杂在一起……"

马玉哭出来了，且很快泣不成声，盛华递上一叠纸巾，她继续说：“自杀没有停止，一起接着一起，警方从庞杂的案卷中发现，模仿者有一个共同点，在死前说着一种像是用淋巴发音的语言，这很容易让人联想到邪教，但是始终没人弄懂他们说的什么，警方只是怀疑没有定性。”

常顺说：“也许，我是说也许，像传递纸条一样，用淋巴发音的语言传递死亡。”

“说回谷岸这儿，今年，《早春》被检查过，结束后，他来找我，落寞地说，‘他们闯到杂志社，把资料捆扎在一起，装进麻袋，包括作者的住址。’我不知道该如何安慰他，我说，‘我的处境也不好。’我们聊了大概有两个小时，离开前，他告诉我，尽管杂志濒临倒闭，仍有不少作者投稿，他轻描淡写地说，‘其中一封很有意思，作者自创了一种语言，用古入声构成基础音，我试着把它们念出来，几乎没有声调的变化，如同……’”她顿了一下，“‘如同地狱的回响。’”

常顺说：“自杀者的语言一半在土里，一半在尘世，只能有一个人掌握这门语言，他用淋巴发音时，他便像造物主一样孤独。”

骆闵说：“渔夫坐在水底，鱼饵抛上岸。”

鲁莉用蚊子般的声音问：“几点了？”

骆闵不耐烦地答：“看你的手腕。”

正好八点一刻，鲁莉该走了，可她一点也不愿离开，她可以住在马玉这儿，或者让骆闵送她到楼下。他们认识了半年，骆闵好几次骗她上床，她害怕，怕见到床单上的处女血，怕一个原本毫不相干的男人看到自己赤身裸体，她的乳房或者右腿内侧有块胎记，她把它遮蔽得很好，但脱掉衣服，它就会露出来，露在一个原本毫不相干的男人眼前。他们也可能刚认识，她从来没有超过九点回家，她家里有一位变态父亲，墙上挂着各类刑具，或者，她是个外地姑娘，住在租来的屋子里，像那位服用安眠药的讲师，她也彻夜彻夜地失眠，她想，送我回去吧，最好你能上去坐坐，听我新编的一支曲子。从这儿到花园街还有半小时的路程啊。

“他似乎在《早春》停刊前就做了决定，离开或者了结生命。”盛华说。

骆闵说：“他所有的经历都在为这一天做准备。”

“经历？更像是虚幻的假象。”马玉的酒喝完了，烟也抽完了，她想拿点什么东西在手上，桌上只有一只花瓶。

常顺说：“难道他的失踪没有任何迹象？捎话的人走后，我们在谷岸的家里有过一次长谈，谷岸的妻子一味地重复，他要去找一座会说话的山。编辑部的其他人无奈地离开，我守在那里，我想，一定还说了些什么，每当我想要打探谷岸的消息时，她就把头偏到一边去。下午五点，谷岸的儿子放学回家，她做饭去了，谷岸的儿子从书包里拿出作业，我问他，‘最后见到你爹是什么时候？’‘他有没有说去了哪里？’‘你几岁了？’这小子对他父亲的失踪漠不关心，只有最后一个问题，他伸出了五根指头，我也只好知趣地离开。第二天，我又去敲他家的门，一个陌生男人开了一条门缝，没等我讲明来意，谷岸的妻子拉开了门，她红着脸，我看出有些不对劲，她解释，那个陌生的男人是谷岸的老战友。谷岸啥时候当过兵？她说出这个话就后悔了，有些慌张。我说，‘我改天再来。’她冲老战友使了个眼色。老战友起身说，‘你们聊，我先告辞。’于是我又坐下来，她还在圆谎，‘谷岸管他叫老战友。’我想，她心里在抱怨我的不礼貌，打搅了他们的生活。我问，‘谷岸失踪多久后，你才发现？’她说，‘一个月，也许不止。’至少有一个月他没有回家。我问，‘你们之间有隔阂？’她说，‘你知道我们还有个女儿，半年前，她怀孕了，未婚先孕，他认为这是极大的耻辱，他叫来医生，给了女儿一针，我们吵了一架。’她拔高了音量说，‘我们二十年的感情就这么完了。’我问，‘他什么时候跟你说起那座会说话的山？’她说，‘我们分居了，他睡主卧，我睡客房，或者反过来，他有着近乎苛刻的作息时间，七点到八点给儿子讲三个故事，八点到十点阅读，十点半准时睡觉。那天，他给儿子讲了什么，我不知道。十一点过后，我听到他房间的门打开了，他在我房间门口徘徊了一会儿，锁芯响了，没有脚步声，我感到他离我越来越近，鼻息贴上了我的脸，就像二十年前，我们在河滩上，他第一次亲吻我的额头。我睁开眼，他跪在我的床前，我们四目相对，我想，我们应该和解，他还是爱我的，静默了一阵，我发现他的脖子上有一条疤，他身体上的记号，我曾经多么熟悉，这条疤越来越长，越来越宽，像一条河。我把头伸过去，无论如何，他也吻不到我的额头。他似乎也发现了我身体的异样，我闭上眼睛，我期望他能为了我们的婚姻原谅那一切。他凑到我的耳边，他说，那是一座会说话的山。'"

盛华问："打那以后，她就没见过他？"

"他偶尔回家，直到一个月前或者更久之前彻底失踪。"常顺说，"她请我离开，我想把谷岸常用的一支笔给她，她没有收下。在楼下，我见到老战友蹲在台阶上抽烟，我笑着跟他说，可以上去了。阳光明媚，谷岸就是从那儿走出去的。我回到杂志社，正门贴上了封条，编辑部的同事正在取《早春》的牌子，有人哼起了小曲，我想，谷岸留下的最后一样东西也没了。"

骆闵说："就当什么也没发生过，他妈的，什么也没发生过。"

盛华说："十根指头还是九根半？你会像推翻一段历史一样，把我也推翻。"

"若有人名字没记在生命册上，他就被扔在火湖里。"马玉说，"扔在火湖里。"

常顺说："老战友，抬起你的头来，让我再瞧瞧你的模样。"

盛华说："干杯吧。"

马玉说："没酒了。"

"想想没有酒喝的年代，瑞士男人发现喝下的不是苦艾酒，杀掉了两个亲生儿子。"常顺大笑。

"杀死儿子！干杯。"五个人齐声说。

杯子碰响后，月光正好穿透乌云，从阁楼的斜顶流下来。他们醉醺醺地告别，并拥抱彼此，像是此生再也不会见面。盛华在墙上摸了半天，没找着灯。鲁莉捅了捅骆闵，"你送我回去吧。"骆闵咕哝了一串酒话。常顺在漆黑的楼道里差点跌了一跤，马玉扶住他，骂他像个瘸子。他们走到门口，大雨倾盆而下。

马玉说："我们回屋吧。"

㊦

警方在一栋烂尾楼找到了谷岸的尸体，尸检报告显示为枪杀，死亡时间大致跟那场聚会的时间吻合。马玉被带到警察局讯问，她自称当晚与作家盛华、编辑常顺、诗人骆闵以及骆闵的女友在家中聚会。根据那几人的证词，马玉最具作案嫌疑，首先她私藏一把女士手枪，尽管谷岸吃的枪子不一定是从这把手枪里射出，但警方有理由怀疑，她有渠道购买其他型号的枪支。另外，事发当晚，下了一场暴雨，凌晨三点，雨停之后，常顺先离开，骆闵在女友的催促下离开，盛华说自己当晚住在马玉家中，他们没有睡在一张床上，他并不知道马玉半夜有没有出门。马玉承认私藏枪支，但那是一件收藏品而非武器，她同意将其上缴给警方做鉴定，对于盛华的说法，她驳斥说，盛华喝醉了酒，赖在房里不肯走，从盛华在蝴蝶出版社出第一本书开始，他们的关系始终介于合作者和恋人之间。她说，那天晚上，除了骆闵的女友之外，他们都喝了酒，他们聊到谷岸的失踪，几个人都是编故事的能手，将自己的压抑情绪假借到一个失踪者身上，谷岸的出走像是完成了他们的夙愿，正当他们准备分别的时候，暴雨降临，他们只能返回客厅，常顺的妻子来了几通电话，雨住后，他是第一个离开的，骆闵断断续续地讲了他在西藏的几段经历，相对完整的一段是关于他和一个女画家的邂逅，结尾有些神秘主义，那只是一幅自画像，或者说，他只是在画板上遇到了这个女人，骆闵的女友不停地看表，他俩走后，她从冰箱里取出一支葡萄糖，给盛华醒酒，盛华告诉她，他要结婚了，女方带着孩子，他们做爱的时候，她突然伤感起来，但不是因为盛华，后来，她睡得很好，梦有些奇怪，她在读一本略萨的作品，但略萨根本没写过这本书，正当情节转折的时候，书桌开始摇晃，天花板坠下来，她被压在下面，她又打开那本书，一个字也没有。警察说，凶手射出四发子弹，三发击中他的颈椎、臀部和右臂，法医从他的胃里提取出残留的蔬菜，正常情况下，这些食物会在两个小时内消化掉，这说明，他在案发前两个小时内进食，也就是凌晨两点之后，他没有这样的习惯，因此可以推断，那个时候，他正在赴一个要紧的约会，而约会的对象极有可能就是凶手。马玉说，谷岸每月都会给她一份列表，列表上是新出现的作者和作品，不少作品涉及仇杀和情杀，她和其中一些作者打过照面，那些家伙满口黑话，有好几个会玩枪，如果约会和子弹是破案的关键，那么蝴蝶出版社和《早春》杂志近年来的很多作者都有嫌疑。讯问结束后，马玉回了出版社，下属告诉她，盛华来过，为他说过的话道歉。她准备亲自去找盛华，但没想好见面要说什么。车开到一个分岔路口，她停下来，后车不停地鸣笛，她感到像是有一只蜗牛在食道里蠕动，她听到了四声清晰的枪响，其中一发子弹击穿大动脉，喷出的血洒在挡风玻璃上。她打开雨刮器，把车开到了《早春》编辑部的门口，封条被撕掉了，她和盛华第一次见面就是在谷岸的办公室，后来，他们经常在这里碰面，有一次，盛华在阴森的走廊吻了她，他撩开她的裙子，她以为他还会干出更出格的事情，没有，他从走廊走了出去，把她扔在了那里。她想，谷岸或许看到了，后背一阵发凉。她把车速压到三十码，错综的电线像城市上空的一张蜘蛛网，在这条街上，地下妓院一家接一家，妓女站在电杆旁，等待掉下的昆虫。在距离盛华家三百米的位置，她下车抽了一支烟，然后她看到他家的窗户关上了，关窗的是一个姑娘，她忘记是在哪本书里读到过一句话：眼睛，梦境，嘴唇，一夜已去。她躲进了车里，片刻后，又想去会会那个姑娘，下车，上楼，盛华开的门，看到是她，他木讷得讲不出话。她只说了一句，日子过得挺滋润嘛。孩子吓得汪汪大哭。她离开，绕着城市的边沿开，车速保持在五十码以下，她去了一家西式餐厅，要了一份牛排和果汁，吃完后，她拨了盛华的座机号码，连续三次响一声就挂断，第四次被那个姑娘接了起来。她问，盛华在家么？姑娘说，你是谁？她说，我是他朋友，让他来一趟出版社。姑娘说，哦，是你。她问，孩子在午休？姑娘说，孩子病了。她听出来，姑娘有些害怕，便挂了电话。她又要了一杯咖啡，一口也没喝，她靠在桌上眯了一会儿，醒来后手脚像被人捆住似的，餐厅里，服务生在拖地，只剩下她一人，她买单离开。回到办公室，她签署了一份小说出版合同，作者是谷岸生前介绍的，笔名叫葛虎，喜欢嫖娼和赌博，有一次，他和妓女打赌，妓女若是敢裸身走过一条街，他就付一千块，那女人果然一丝不挂就出去了，回来后，葛虎付了两千块，因为她走了个来回。小说的章节以女人身体的各个器官与部位命名，从头到脚写了十二个不同的故事，“脚踝”一章，女人在脚踝处系了一条红绳，红绳是女人已逝的父亲送她的，男主人翁嫌亲热时碍眼，竟将她的脚给剁了，当中有一段比喻，马玉觉得很性感，男人说女人的骨头咯吱响，像一扇虚掩的门被风吹开。她拿起样稿又读了起来，翻了几页，觉得恶心，她呆坐了一下午，快下班时，常顺来了办公室，问她，知不知道谷岸的事？她问常顺，送到出版社的作者名单是谁收集的？常顺说，是谷岸亲自整理的。马玉说，警察一大早告诉她了，可是现在手头有一大堆公务要处理，改天再谈。盛华没有过来。马玉开车回家时，又想到女人在街上裸走，不禁笑起来。这天晚上，马玉翻阅了厚厚的名单，第一栏是作者的名字，第二栏是作品名字，第三栏是作品在《早春》杂志发表的时间，列表后面附有作者以及作品的介绍，这些名单总是和当期杂志一同送来，马玉还能够记起其中一些作者的相貌，更多的作者已经销声匿迹。过了十点钟，电话没有响，马玉打算睡觉，她按下电灯的开关，灯没有熄，她坐在床上，回顾这一天发生的事情，灯光是一点点暗下来的。

戴立夫，《虎斑游蛇》，发表于二〇〇四年一、二月合刊。作者生于一九六七年，一九八七年考上南开大学，次年辍学，一九九二年考上北京大学哲学系研究生，毕业后下海经商，在深圳倒卖电视机，一九九七年离婚，与广州诗人组建地下诗社，油印刊物，一九九八年被捕，出狱后在发廊目睹一名按摩女郎被强奸，实施强奸的是他的狱友，三年后，他在广州再次遇到这名按摩女郎，两人相恋至今，始终没有结婚。他从一九九九年开始小说创作，保存了大量静物描写手稿，用词精确，缺乏美感，如同初学素描的画匠，二〇〇一年完成第一部小说《多声部》，结构混乱，更像自传笔记，二〇〇二年，祖母

►

去世，他回到北京，借住在妹妹家中，据他所说，按摩女郎多次与妹夫发生性关系，这年夏天，他写下了《虎斑游蛇》的第一行字：我们有多少余生可以共存？最精彩的部分是一场格斗，佘伟在茶馆遇到了仇家，那人从怀里抽出一把短刀，佘伟只能摔碎茶杯握碎瓷应战，他抓住仇家的刀柄刺进自己的胳膊，仇家慌了神，他顺势割下了对方的耳朵。戴立夫说，佘伟的原型就是那位狱友。

早上九点，盛华的电话终于打来了，他说，孩子的气管病犯了，他们只得把婚期也推迟。马玉说，孩子他妈真年轻。盛华不着边际地说着，或许谈到了谷岸的死，马玉一句也没听进去，结束时，她才反应过来，听筒里有第三个人的呼吸声。她为自己做了一份早餐，一杯牛奶、三片吐司、一颗鸡蛋，餐桌上放着一本米兰·昆德拉的书，吞下鸡蛋，正好读完第二章，最后一句话让她哽住了：他的被阉之影遮掩了所有时代中一个最伟大的小说诗人。她临时计划去见一位老友，照镜子时，她发现皱纹和眼袋比往年更深，她只能抹上厚厚的粉底，她想，假如过去的朋友都认不出她来，她就能像陌生人一样和他们交流家庭和责任，而不是文学和老掉牙的回忆。那位朋友原本在大学担任教员，后来被调到了图书馆，他是上世纪那场集体自杀事件的幸存者，他们躺上铁轨，汽笛传来，他闻到了轨枕的松木香，他滚到铁轨旁的沟渠，火车轧过同伴的身体，他把头埋进淤泥，他看到了一种比死神还可怕的东西。图书馆里人不多，朋友推着车在整理书架。她招呼他，他一眼就认出了她。他们在校园里走了一圈，他问了她的近况，她想，他也许知道《早春》的停刊以及谷岸被枪杀，她说，出版社遭遇到一些困难，读者的品位越来越高，作者的质量越来越低。他抱怨，调到图书馆后，待遇降低，工作烦琐，生活也变得艰难。她问他，还写诗吗？他说，写，比以前写得更多，对于那些诗的内容，他闭口不提。午饭时，他说，几年前，他收养了一只野猫，后来病死了，他发誓再也不养宠物。她突然矫情地问，死亡是什么？这个问题让他难堪，他想了半天才挤出一句，"那只猫没有告诉我。"临别时，马玉说，"如果你愿意，把那些诗稿寄给我，或许能改变一下现状。"他笑了笑，没有回答，那副样子仍像当年的那群疯子。马玉目送着朋友穿过足球场，恍惚间，她听到有人在叫她的名字，她不敢回头，一阵小跑离开了校园。下午四点，她到了出版社，盛华在等她。盛华说，"你总算来了。"她既想笑又想哭，他们像一对经历生死的恋人，可是又处在一种极其尴尬的局面里。盛华说，是警方诱导他说出了那些话。从头到尾，都是盛华一个人在讲，最后，她走到盛华面前，抽了他一耳光，她不知道自己为什么要这样做。盛华说，他会找出凶手的。晚上，她服了半片安眠药，才能勉强入睡。

甘云松，《墨迹》，发表于二〇〇五年七月刊。作者生于六十年代末，比较文学博士，师从汉学家乔云——蹩脚的英语、法语、汉语诗人，一九九九年之前，从事英美文学研究工作，二〇〇〇年，成为专职翻译，译有V. S. 奈保尔、T. S. 艾略特、威廉·肯尼迪等人作品，均为盗版，策划布克奖系列丛书，一九九七年起，涉猎文学评论，在一次采访中，发表“中国当代文学是一场拙劣的模仿秀”言论而引发争议。二〇〇四年，南京举办“先锋文学二十年”研讨会，甘云松获邀参加，研讨会分为两派，一派以先锋作家为首，另一派以甘云松为首，后者称前者为既得利益者，欺世盗名，甘云松在会上列举出先锋文学几部代表作，剖析语法结构、标点的运用、叙事技巧，不留情面地说，八十年代的文学繁荣实际上是官方支持的剽窃狂欢。一位气急败坏的作家，举起座椅朝他砸去，他没有躲闪，椅腿砸中他的额头，他转身向在场的媒体记者展示伤口，并高呼他们不仅是小偷，还是一群暴徒。他赋予了翻译家一个新的角色——作家的语言导师，他声称，一九八四年之后的中国文学是架构在翻译体上的建筑。《墨迹》一文宣扬“叙事是思想的奴隶”或者“在金字塔中，科学处于顶端，然后是哲学，底层是文学”。另有小道消息，甘云松关于中国当代文学的言论，是因为他早年追求女作家囡囡不成，囡囡已死于一场车祸。

常顺说，老战友也被盯上了。马玉没明白他提到的是谁。常顺说，谷岸妻子的情人，谷岸失踪后，他们住到了一起，谷岸的妻子说，他是谷岸的老战友。马玉笑说，战友，真是个好斗的名词。常顺说，但是，谷岸被枪杀那天，他们在南方度假，当然，也不排除买凶杀人的嫌疑，那需要证据。马玉问，谁替谷岸收尸？常顺说，他的女儿，也许还有他的妻子。马玉说，凄凉的女人。常顺说，指不定她也参与了谋杀，如果是老战友干的。马玉冷笑说，女人，谋杀。她想起那个难熬的早晨，前一天晚上，她和盛华在谷岸家里过夜，谷岸的妻子不知道他们的关系，为他们安排了两个房间，替她铺床的时候，谷岸的妻子开玩笑似的对她说，可要防着点儿盛华，后来，盛华摸黑进来，当盛华解开她的睡衣时，她蹬腿反抗，床头柜的台灯摔到了地上，在寂静的屋子里，那简直是一声巨响，她知道，谷岸全家人都听到了这个声音，可是，第二天早晨，谷岸的妻子并没有什么异常的反应，那种吊诡的氛围，让她觉得，像是被反锁在了一间肮脏的公厕里。马玉问常顺，盛华快结婚了？常顺说，是的，他又说，我想和你结婚。后一句也许是马玉的幻觉，谷岸尸体被找到后的第三天，马玉总是产生这样一种想法，某个人正拿着笔写一段未知的故事，她不小心被写了进去。就在这个下午，她在出版社楼下的公园遇到了骆闵和他的女友，他们像是闹了矛盾，骆闵揪住女友的头发，把她摁在长椅上，马玉以为骆闵是来找她的，她走过去，她看到骆闵在笑，他的女友也在笑，骆闵松开手，伸向马玉，马玉发现他的裤子拉链敞开着，她也笑了，笑得很尴尬。他们找了一间卖咖啡的书店，马玉老是惦记着骆闵女友的内裤是不是卡在了大腿上，不知道为什么，他们没有聊到谷岸。骆闵说，他写了一首长诗，用不同的视角去写一个革命瞬间，就像在显微镜里观察一枚细胞，它包含了人对暴力的迷恋与恐惧，在他说话的时候，马玉听到拉链被拉上了，她又止不住地笑，三个人都笑了起来。书店里陆续进来一批学生装扮的人，这里有一场读书沙龙，主讲人将要谈论的是“拖延症与摩托车修理艺术”。沙龙搞砸了，因为主讲人刚讲了开场白，就被骆闵打断，骆闵站起来说，那是罗伯特·M·波西格在《禅与摩托车维修艺术》里的原话。主讲人说，没错，我只是忘记了作者的名字，他叽里咕噜说了一堆废话，台下起哄的人也多起来，他突然指着骆闵说，你，出去。骆闵冲他竖起中指，马玉不想惹事，劝骆闵的女友把他拉出去。他们从书店出来，骆闵自言自语，为什么不谈谈性瘾症？后来发生的事情，马玉只有模糊的记忆，常顺是这天傍晚来她的公寓的，他们喝了酒，或许上了床，或许没有。常顺说，骆闵可能在吸食毒品。她问常顺，《禅与摩托车维修艺术》写的什么？常顺说，如果埋葬一个人时出了问题，他的鬼魂就会出现。常顺是在她昏睡以后离开的。

初有福，又名初夕，《塔克拉玛干游艇》，发表于二〇〇三年十一月刊。一九八六年《西部文坛》推出"新山药蛋派"，初有福的名字第一次出现在文学期刊上，处女作《另一只羊》写的是一个逃跑的女人和一只走失的羊的对话，在创作谈里，他介绍自己是某机电厂工人，在繁重的体力活间隙创作，坦露文中扭曲的性暗示来自手淫后的灵感。一九八七年至一九八八年，创作以"水"为主题的中篇三部曲《湖面》《深潭》《羊皮筏子》，一九八九年，三部曲同时发表，移居北京，完成剧本《沼泽》修改，一九九〇年，《沼泽》搬进剧场，《沼泽》隐喻中国陷入进退两难的困境，首场演出之后即被叫停，一九九二年，他以初夕之名，于《小说林》发表《鲶鱼》，一九九三年，《文艺谈》发表《黄土地的逆子》，文中说，"我只是眷恋水"，署名初夕，从此消失在公众视野中，可以找到的资料证明，他至少去过两个地方，沈从文故里湘西和戈壁之地新疆。一九九五年，他因诱奸女童而入狱，没有人会把这名乡村教师和当年的"新山药蛋派"联系起来，狱中他创作了一首组诗《海之子》，想象力没有被铁窗禁锢。二〇〇三年六月，《早春》编辑部收到小说《塔克拉玛干游艇》和组诗《海之子》，信件来自新疆阿克苏，《塔克拉玛干游艇》描写了流浪人来到一个叫康拉克的地方，在车尔臣河的下游发现一片湖群和一艘游艇，游艇内设施齐全，他驾驶游艇与虚构的船员和乘客开始了塔克拉玛干的旅途，最终他发现这只是一场海市蜃楼，而自己也成为假象的一部分。

她的下巴长出了胡须，只能用一块黑布蒙着脸，去超市买剃须刀，结账时，收银员却要求她取下黑布，因为警方正在通缉一名逃犯。这就是马玉的梦。起床后，她身上的酒味还没散，她冲了个澡，又把狼藉的屋子收拾干净，她想不起前一天晚上留在这里的男人是骆闵还是常顺。谷岸妻子打来电话，她的声音听起来很疲惫，她说，下午是谷岸的追悼会。马玉想，他们摆脱嫌疑了。她换了一条黑色裙子，化了淡妆出门。上午，她去看了一场电影，那是一部关于巴以冲突的伪纪录片，镜头不停地摇晃，中途有几位观众因眩晕离场，马玉在想，假如这里爆发一场战争，她是否会被乱枪打死？如果嗅到战争的火药味，她还是应该提前逃离这里为好。电影中，一名士兵在另一名士兵临死前，讲了一段自己的经历，他说，他的老师告诉他，他的父亲心脏病去世了，他伤心不起来，因为老师搂着他时，乳房贴在他的胸口，他的裤裆撑得像帐篷一样，到了家，他拒绝和亲属拥抱，他害怕他们发现他生理的变化，老师说，这是死亡创伤，老师和他进了卧室，老师说，你哭出来会好些，于是他对自己说，你父亲死了，你是孤儿了，他哭出来了，老师又抱住他，他伸出舌头，舔她的耳郭，她在他身上磨蹭，他们在他父亲尸体的隔壁拥抱着，不知道将会发生什么。电影结束后，马玉听到观众都在谈论这个桥段，他们并不关心影片的主题。她在电影院附近吃了一顿便餐，然后赶往殡仪馆。谷岸的妻子和女儿在门口迎接来宾，马玉说，节哀，她拿了一朵白花扎在胸口。礼堂里站了四五十号人，有一些是熟面孔，另一些是谷岸的亲戚，她观察了一会儿，几乎没有人掉眼泪，她礼貌地招呼着认识的人，他们都不愿多说话，猜疑的氛围大过哀伤。追悼会由谷岸的大哥主持，悼词用简单的几段话陈述了谷岸的一生，没有过度的褒奖之词，他说，这是一个没有秘密的人，可是他的死却成了一个秘密，他开始大篇幅地谴责警方的不作为，甚至提到了另外几起谋杀案，马玉想，他一定希望这时候能有掌声响起，马玉扭头去看谷岸的女儿，她的肩膀在震颤，马玉觉得，她不是在哭，而是在笑，这就是死亡创伤。马玉又开始胡思乱想，在场的人互相指认对方是凶手，为了证明自己的清白，他们跪在谷岸的遗像前发誓，她想要逃出去，有人掏出了一支手枪，顶着她的后背，要她取下脸上的黑布，她也跟着跪了下去，说着最恶毒的誓言，但，没有底气。常顺扯了扯她的衫袖，对她说，盛华没有来。她说，骆闵没来，老战友也没来，凶手是谁？谷岸的大哥说，"愿你的灵魂不再追问。"她走出殡仪馆，一个女人喊住她，她起先以为是出版社的作者，女人陪她走到停车场，她聊到了几位崭露头角的诗人和谷岸的关系，她又瞧了女人一眼，吃了一惊，女人是她的大学同学，女人也被她的眼神吓坏了，问她，过得怎么样？她撒谎说，有个十六岁的儿子，在外地念书。直到分别，她也没想起女人的名字，她感到羞耻，女人一定知道她的处境。她没有回家换衣裳，就那样像个寡妇一般走进一间酒吧，在迷幻的音乐和鸡尾酒中回顾过往，她想，那个女人看上去得有六十岁了。

徐源林，笔名庄臣，《战争笔记》，发表于二〇〇六年五月刊。作者一九二二年生于上海，一九四九年前任《申报》记者，另一个身份是双面间谍，兜售情报给国共双方，一九四九年后留在大陆，一九五四年娶妻，一九六八年被划为“右派”，特务嫌疑，一九六九年的一次批斗，被人割伤眼皮，感染后，摘除左眼眼球，妻子与他划清界限。一九七二年至一九七六年，他写过一部民国奇人传记，书稿被焚毁。一九八〇年至一九八七年，他资助了一本名叫《布谷鸟》的诗刊，为上百位流浪诗人提供住所和交流场地，据受他恩惠的人说，他典当了一些保存完好的古董和金条，其中不乏国宝级的文物。一九八七年，他借口年迈多病，赴国外医治，九十年代，他在台湾出版散文集《赤潮》和诗集《沙漏》，《赤潮》被译为英文、德文、瑞典文和葡萄牙文，一九九七年，他定居新加坡，二〇〇一年出版散文集《故国神游》，二〇〇二年在再婚妻子的陪伴下重回故土。《战争笔记》是他晚年最平和的一部作品，写了一九四五年至一九四九年四年内战期间，战区士兵、商贩、工人、农民的命运，当你把这些虚构或者非虚构的故事与真实的历史结合起来时，你会找到那个缠绕作者一生的噩梦——背叛和别离。

以脉搏跳动的频率计时，全球有六十四亿个时区，六十四亿个王国。马玉选定这句话作为葛虎小说的腰封，封面设计成一个长方形餐盘，左右上角是女人的一对眼睛，接下来是一双长腿，再是一只左手，无名指戴着一枚婚戒，中间是既像阴部又像厚唇的两片树叶，然后是被熏黑的肺和萎缩的子宫，底部分别是乳头、肚脐和痣。她想起，一九八七年，她和男友走到了中国最北端的村庄，黑夜沉至屋顶，她听到了来自山岭里的动物的呼唤，她很害怕，男友对她耳语了一句，我们变得如此颓废，是因为忘记了身体之美。她在审读意见里写道，久违了的身体之美。她把定稿交给了审校，然后去了邮局，将一堆退稿信投进邮筒。街头艺人正在表演，他从帽子里变出一只鸽子和一朵玫瑰，玫瑰送给了一个小女孩，然后他攥紧拳头，从拳头里抽出了一寸绸布，小女孩拉着绸布的一头往后退，一米、两米、十米、一百米，小女孩退到了长街的尽头，街头艺人拿出一把剪刀，将绸布剪断，围观的人狂笑鼓掌，掏出硬币放到他的帽子里，在剪刀咔嚓的一瞬间，马玉想去找盛华，她开车追上小女孩，小女孩还在往后退，绸布像长蛇一样咬住了她的指头。电台公布了谷岸的死讯，定性为他杀，没有提作案细节，马玉想到了那些收到退稿信的作者和那份名单上的名字，他们就像小女孩一样，不知该退向哪里。盛华家楼下停了几辆警车，马玉走过去，一位警察认出了她，他们的对话像是提前编好的。他问，“盛华去了哪儿？”她说，“不知道。”他问，

“你和盛华是什么关系？”她说，“我出版过他的书，我和他上过床。”

杜然，《系在红绳上的月亮》，发表于二〇〇六年五月刊。一九八六年，《深圳青年报》和《诗歌报》发起诗歌大展，六十四个诗歌流派一夜间涌现，他们被誉为“第三代诗人”“新生代诗人”“后朦胧诗人”“后崛起诗人”，如同中国新诗历史上的每一次革命一样，他们昙花一现，又迅速沉沦，之后在大学任教或者从政、下海经商或者混迹于诗歌圈边缘，背离诗意。杜然一九八七年加入“无理数诗派”，该流派由业余诗人组建，讲究切断语句间的必然联系，为数不多的读者对他们作品的评价呈两个极端，叫好者认为，就像无理数使数学界陷入危机一样，他们让批评家感到末日的到来，然而，仔细的读者就会发现，大量的诗篇都是对其他诗作的重组拼凑，一九八八年“无理数诗派”更名为“无机材料”，招募了几名二流小说作者，《北渡口》成为他们的阵地，创刊号有杜然的一首短诗：世界，是，两双眼睛的总和。一九八九年，“无机材料”再次更名为“π”，《北渡口》刊发杜然的第一篇小说《孤岛》，模仿的是比奥伊·卡萨雷斯的《莫雷尔的发明》，写了五对困于孤岛的男女，性别互换，他写道，性爱源于对自身器官的不满以及对对方身体的嫉妒。还没来得及引起批评家的关注，这个流派就消失了。一九九三年，为谋生计，杜然在一家舞厅做酒保，很可能也从事暗娼生意，他结识了一名黑帮小头目，并协助小头目贩卖毒品，在一次交货过程中，二人被抓获。杜然于二〇〇一年被释放，他曾努力生活，白天看守工地，晚上写作，《系在红绳上的月亮》就是在此期间完成，他学会了隐藏野心，讲了一个未老先衰的青年与老女人的偷情故事，题目暗示了畸形恋情的结局。二〇〇三年，一次醉酒后，工友强迫和他发生性关系，刻薄地骂他的屁眼是鸡奸犯的精液回收站，次日，他在一个封闭的房间里点燃木炭，留下一封遗书，遗书里交代了一些诗歌和小说手稿放置的地方，还诅咒世人将被魔鬼纠缠。

背叛

苟连长死后七十年，古佛寺办了一场小型的展览，邀请苟南出席。苟南接到邀请时，他的养父也是他的二伯苟卫君已是食道癌晚期，他向二伯请教祖父的经历，苟卫君艰难地说：“干城之将，良吏之文。”展览中最引人注目的是一杆磨得发亮的烟枪，展览未对烟枪的来历做解释。一九三九年，故宫文物因战乱南迁，运抵古佛寺是在岁末的某个深夜，苟连长接令，驻守此地。袍哥头子刘海顺在第二天便得知了这个消息，一九四〇年初，他给军队来了个下马威，派人盗走了一件明代法器，放话让苟连长拿金条来赎。苟连长起初装作不知案犯是谁，召集乡绅、地主、堂口舵爷开会，会上苟连长先讲被盗文物来历，那是乾隆爷祭祖法器，换作前朝，可是要诛九族的。刘海顺不是吃素的，他拂袖要离开，苟连长把烟枪往桌上一拍，找不出来就清乡。次日，古佛寺红门贴了一张条子：黄桷树。烟枪第二次派上用场是在一年以后，这一年，城里遭到了日军毁灭性的轰炸，刘海顺的哥弟趁乱在古佛寺的后山放了一把火，连队灭火及时，并转移了文物。苟连长登门拜访刘海顺，进刘府前卸了武器，留一杆烟枪，刘海顺坐廊下候着他，二人没有敷衍，刘海顺说，老子三十多年前就敢跟赵尔丰叫板，你区区连长算啥子。苟连长挥起烟枪就往他脑壳上敲，只用了三下，刘海顺便倒在血泊中，连队士兵端着枪闯进来，逮捕了刘府的喽啰。苟连长被乡民拥戴起来，直到一九四二年，乡里传言苟连长的弟弟在南京做了汉奸，一九四三年，苟连长吊死在古佛寺的梁上。一九四一年到一九四三年期间那些风波的细节，没有人记得。苟南指着那杆烟枪，问引导员，烟枪是在哪里找到的？引导员说，是一个老妇人捐赠的。参观完古佛寺的展览，苟南在文化馆馆长陪同下，去礼拜黄桷树。树心早已空去，文化馆馆长说，黄桷树是圣树，天灾前，黄桷树业已枯萎，一九六三年，有人发现它又冒出绿芽，那人像是乔达摩。悉达多悟道一般。枯树新绿，恰逢仲春，村民请来佛道两派高人，各摆各的场，各有各的信徒，男女野合交媾，无纲无常，无长无幼，怀上的种便是黄桷树所赐，直至今日，树枝上还挂满了祈福的红布条。传说树心曾钻出过一个和尚，和尚以为还在康熙年间，记得师傅教他于岩石上打坐，入定出定，世上已百岁。苟南伫立半晌，随后问，我祖母葬在什么地方？馆长支吾了半天，才道出实话，苟连长上吊后，有个女人来过，那女人不久便疯掉了，不知下落。下山时，山风正劲，苟南捂住帽檐，有人迎上来告诉他，一个和他年纪相仿的男人在古佛寺招待所等他。回到古佛寺，男人在逗花猫，他也有一只像鱼钩一样的鼻子，苟南隐隐猜到这个男人为什么而来。旁人打搅了他和花猫的游戏，介绍说："这就是你要找的苟先生。"男人打量了苟南一番，盯着他的鼻子说："这下不会有错了。"男人继续说："那杆烟枪是我家婆捐出来的，她守了一辈子的寡。"男人坐到一张椅子上，花猫爬上了他的膝盖。苟南脱下帽子，问男人："山上经常起这样的风么？"男人没有回答他的问题，而是接着自己的话："我家婆守了一辈子的寡，我娘当了一辈子的野种，你们休想再抵赖。"有人搭腔道："他是来讨安葬费的。"苟南从钱夹里取出三千元，这个数目超出了男人的预料，男人走后，文化馆馆长说，不该给他这么多钱。苟南故作疲惫，打发了众人，他为一个月后将要举行的文学研讨会起了一个发言题目。

"香儿在灶房里烧火，刘大爷吩咐她多煮些饭菜，府上要来客伙。锅底还没烧热，门外就闹起来，没一会儿，士兵走进来，问她多大年纪，在这里做什么？她说二十一，在刘府打下手。士兵带她到院子，她看到刘大爷躺在廊下，像是喝醉了，她想喊他，院子里绑着家丁和长工，士兵正在搜查，她一下子哭了出来。苟连长走过去，让她抬起脑壳，副官递上一杆枪，她两腿一软，跪在苟连长脚下，她说，刘大爷交代府上有客，锅都煳了，客还未到。苟连长把枪挎到肩上，戏谑地问她，是给刘海顺做小的吧？香儿还不敢抬头，‘军官莫乱猜，我就要嫁人了。’苟连长令副官把她放了。香儿低着头往外跑，只在逃出大门时，匆匆回头瞧了他一眼。香儿回家时，遇到母亲正赶过来，母亲问她，‘刘府让苟连长给捣了？’香儿惊魂未定，母亲说，‘捣了好，朱家的聘礼就要送到了。’”

二〇一〇年的最后一天，苟南一改晚睡的毛病，新世纪的第一个十年就要翻过去了，妻子已经换好睡衣，他嗅到她身上喷了一种古怪的香水，一种腐朽与希望并存的味道。他找到了二十岁时为恋人朗诵诗歌的激情，他挑选的是柯尔律治的诗歌，那个来自遥远的十九世纪初的诗人缩在床板下面，“深沉而奇异的巨壑，沿青山斜裂，横过伞盖的柏树。野蛮的地方，既神圣而又着了魔，好像有女人在衰落的月色里出没，为她的魔鬼情郎凄声号哭。巨壑下，不绝的喧嚣在沸腾汹涌，似乎这土地正喘息在快速而强烈的悸动中，巨壑里，不时迸出猛烈的地泉。”忆及当年初尝禁果时，她的嘴里喷出一股股青草的气味，他撬开她的身体，她因为疼痛而抽搐，他捂着她的嘴，以免她的叫声吵醒隔壁的邻居。那时候，她的身体是神秘的，可如今，他已经熟悉她的每一寸肌肤，以及每一寸肌肤底下的血管，必须要有别的东西来刺激，他才能沉浸到性爱的欢愉中。一年前，他在医院照顾二伯，护士让他到值班室休息，当夜幕降临，病房里传出一阵阵临死的喘息，护士告诉他，她读过他的小说,那些放肆的描写令她心惊肉跳,他们在值班室的长条凳上剥光了对方的衣服,护士高潮时叫着另一个男人的名字——她的丈夫或者情人,他幻想名字的主人就在旁边看着。他把这种经验带到了与妻子的生活中,她在与他做爱时,会不会也在默念着某个名字?一次偶然的机会,他在妻子的书架上翻到了一本青年作家的书,她是这位作家处女作的出版人,翻开书的扉页,献给LS,这是她姓名的缩写,他感到指尖在燃烧,二十多万个方块字下面就像掩藏着她的二十多万种睡姿。想到这里,他仿佛回到了新婚之夜。

"他在儒公桥叫卖麦糖,他准备收摊了,去渡口泡杯茶,然后回家备彩礼,刚挑起担子,宪兵队就赶着人群上了桥,他裹在人群中,往对岸跑。爬上陡坡,他听到了轰鸣,有人捂住耳朵蹲下去,他撂下担子,从箩筐取出红绸,揣进怀里,宪兵领着他们藏到了瓦窑里,他长吁一口气。香儿等来的是未婚夫的死讯,她在荻坪村的瓦窑前看到那些尸体,没有一具尸体是完好的,她认不出哪一具是她的未婚夫。五十年后,这些尸骨将被人们再次掘出,同时挖掘的还有一批隋唐瓷器,正是从那一年起,她的老年痴呆症锁住了她所有的记忆,女儿为她订阅了一份当地报纸,或许她看到了一张红绸布的特写照片,配写的文字是关于日军侵略的罪状,她把报纸撕成条,贴在窗玻璃上,她看到阳光把自己皱巴巴的躯体切割开。夫家将噩运归罪于香儿，他们找来四十九个石匠在香儿门前喊了四十九天下流的号子。一九四一年某个暑热未褪的傍晚，香儿终于从房间走出，燃烧的晚霞滴落火焰，路人发现那些歹毒的唱词如同刺青一样，刻在她的额头上。”

二〇一一年伊始，苟南的妻子接到一项欧美文学出版计划，海外文学机构计划赞助出版一批瑞典、挪威、德国、加拿大文学作品，他们负责购买版权，要求译者是海外人士，经过谈判妥协，海外文学机构同意译者署笔名，有几位坚持以真名出版，在信件交流中，他们说，这样做是为了获得认可，谁也不愿意老死他乡。苟南出行的次数增多，他拖着已过半百的身体，出入于全国各地的妓院，妻子无法缓释他的痛苦，他近乎变态地录下不同口音的呻吟。当他再次回到书房，执起笔，他意识到自己就像一只被蜘蛛网困住的飞蛾，他写下：寻找生活的意义成为生活的意义。他再也无法像年轻时那样，如一把手术刀划开生活的表皮。他的最后一部作品完成于二〇〇四年，又花了两年对它进行修改，出版后仅两个月这本小说就被下架，几乎同一时间，他所居住的房子遭遇一场火灾，事后查出的原因是由于电路老化。那天，他和妻子站在楼下，他看到笔下所有的人物在阳台上演了一出绝唱。此后四年，他被禁止参加一切活动。二〇一〇年，一所民办大学为他提供了一份短期教职，他选择了古典文学课程，在教授先秦诗歌时，他用古音诵读屈原的《楚辞》：王孙游兮不归，春草生兮萋萋，岁暮兮不自聊，蟪蛄鸣兮啾啾。他扶着讲台，满头大汗，他念不下去了，剩下的字他一个也不认识，合同到期，校方没有与他续约，他走出校门，想起了那场火灾。这样的状况持续到二〇一〇年的最后一天，他与妻子云雨后，发现妻子干瘪的身体像是被蒙古铁骑扫荡后的土地。在与文字的较量中，他败下阵来。二〇一一年，他转向独立电影领域，他协助一位年轻导演拍摄的游民纪录片参展威尼斯电影节，电影的叙事方式让他重获信心，镜头的切换比文字更干脆有力。也是在这一年，他因纪录片的主角而沉迷于性滥交，并且录制了不同口音的呻吟，直到他在一名妓女的床头，看到他八十年代末出版的一本小说，书的封皮是一点朱唇，那时他对女性的幻想止于双唇，现在，它却像一把沾着血的刀子架在他的睾丸下。

“一九四一年腊月，香儿来了三次红，她的母亲请石柱庙的和尚看病，和尚为她点了一盏灯，油灯燃了没多久便熄了，和尚说冤魂压着她嘞，要香儿去庙里烧香念经。香儿上山那天，母亲把她所有的衣裳都装进了包袱，把和尚叫到一边耳语了几句。刚进庙门，和尚便拿出剃刀要为她剃度，香儿说，‘山上冷，等来年开了春再剃。’和尚收起剃刀，在她的脖子上摸了一把，说，‘我也舍不得。’没等到开春，香儿就从山上溜了下来，一见到母亲，她扑进母亲怀里哭，她说，和尚喊她脱了衣裳替她推拿，她没答应，和尚便把她摁到佛台上，他说，男人的阳气才压得住鬼火。母亲愣了一下，推开她道，‘喊和尚还俗吧。’香儿走了很远的路，天要黑了，她走到刘府，大门上贴着军队的封条，她彻夜守在这里，五更的时候，她听到三姨太出门倒痰盂，她等着三姨太唤她进门，忽然想起三姨太年前投了河。天露出一条亮口，她又开始走，她不知道该去什么地方。她想，这世上没有比她更倒霉的女人了。正值年关，待宰的公鸡发出喑哑的鸣叫，祈福的人往黄桷树去，人数比往年更多，一张张肃穆而惶恐的面孔。祭神祈福自古便是一项忧愁的仪式，她加入了他们的队伍，在这种气氛中，她获得了一丝安慰。走到古佛寺，队伍没有驻足，她脱离了队伍，待到他们走远，她捡起一块石头，朝古佛寺的围墙内扔去。院内一阵阵慌乱的脚步，卫兵拉开大门，瞧见她孤零零地站在那里，他们把她押了进去，佛堂紧锁着，侧面的斋堂和五观堂改成了宿舍，苟连长刚着好军装，瞅了她一眼，问了几句，她都不开腔，苟连长摆手道，虚惊一场，她突然说，‘噩运都是从你敲破刘大爷的脑壳开始的。’”

新世纪的前两年，六十年代作家被七十年代作家掀起的下半身写作浪潮和论战淹没。论战更像是一场对坟墓发起的攻击，另一方是二十世纪上半叶中国文学的先驱者，事起于批评家提出的当代文学病态论，用了“断代”这样的词汇对文坛新秀进行批判，被批判者没有直接反驳批判者的观点，而是绕过他们，攻击白话文早期文学，批评家从故纸堆找出当时的文学理论进行回击，这是一场跨世纪论战，沉默的六十年代作家掉进了时间的断崖中。二〇〇三年，《早春》杂志向三十岁至四十岁作家发了一则约稿信，他们提前支付丰厚的稿酬，以使这些沉默者无后顾之忧地去凝视喧嚣之外的角落，他们料到这是一趟孤独者之旅，于是在约稿信的结尾附了一首戈特弗里德·贝恩的诗：谁孤寂，谁就能掌握奥秘，孤独者置身于意象之河，熟悉意象的萌生和缘起，了解影子也蕴含着炽热。他擅长建设，具有创造力。充满思想的能量，有益的人性不断地增殖。他能阻止人性的灭亡。死亡和变异开始消失。他冷眼旁观，发现，地球已变成另一种星体：他赢得了完美静默的青眼。五年之后，当这拨接受资助的作家纷纷逃离故土，他们才意识到世界处处是阴谋。正是因这笔资助，苟南在少管所见到了他小说的主人翁——胡杨。胡杨获准三天探亲假，苟南跟随他去了他的老家，那是一个老年村，村道上年迈的女人抱着婴儿，婴儿在吮吸她干瘪的乳房。胡杨的母亲说，她是村里最年轻的女人，这里隔三岔五就会有一场葬礼，她总担心，哪天醒来，村庄只剩她一个人了。入夜以后，胡杨引着苟南去了村里的祠堂，胡杨说，父亲病重后，他在这里过了一夜，他问胡氏祖宗，父亲究竟还能活多久，没有人告诉他答案，梦里，他的肚脐长出了脐带，另一头却系在父亲的生殖器上。胡杨的母亲为苟南安排了一个房间，房间里堆着农具，农具的木柄已经霉变，夜里，苟南感到，胡杨凸起的喉结仿若一块巨石，压着他的胸口。引荐他认识胡杨的中间人说，胡杨用一条绳子勒死了他的祖母，那条绳子也许正是联结在他父亲生殖器上的脐带。第二天，苟南敲开一户老者的房门，他向老者询问胡杨一家的情况，老者说，"他是地府派来的索命鬼。"胡杨是家里的次子，他的出生让他的家庭开始了一年的逃亡，他们南逃至云南，在昆明躲了半年，又转到贵阳，胡杨在贵阳出生。他的母亲听说风头过了，举家返迁，刚走到村口就被逮了。他们面临的是沉重的罚金，他父亲病重的几年，他们无论如何也凑不齐医疗费。在他父亲下葬那天，他在父亲的坟前起誓，要把村里的老人通通杀光。第三天，胡杨的姐姐仍没有现身，胡杨的母亲拜托苟南把他送回少管所，她木然的表情让苟南难以相信，这个孩子是令她受尽折磨的骨肉。路上，胡杨不愿意和苟南交流，苟南想，他像是游离在村庄之外的一只鸟。临别前，苟南壮着胆子问他，为什么要杀死自己的祖母？他说："他们的怯懦与卑鄙，终有一天会遭到报复。"二〇〇四年，苟南完成了这部作品——《施暴者说》，它对胡杨残害祖母的细节进行了详尽的叙述。二〇〇六年，《早春》杂志资助作家的作品竞相发表出版，《施暴者说》被称为六十年代生人的良心反思。读者与作者重新回归到对社会问题及文学本身的关注，赞赏与反对双方都举着道德的大旗，两个月之后，一些作品下架，苟南的作品未能幸免，又过了一年，这一场“孤独者文学运动”以大批作家出国告终。

“和尚的尸体被樵夫发现，死亡的方式与刘大爷如出一辙，香儿沦为军妓的流言也随之流传开去，香儿的母亲打听到这个消息后，把她关进粮仓，在那里，香儿嗅到了陈谷子发芽的清香。母亲说，‘日子过不下去了。’苟连长派来的人撬开了粮仓的锁，并邀请香儿再去古佛寺做客。这天正好是立春，地上深绿与浅绿交融，一群孩子跟在后面，这些孩子学会了四十九个石匠的下流话，他们要用皮鞭抽打香儿的屁股，用烙铁在她胸口烫上荡妇的印子，这让香儿有一种难以言说的兴奋，一种未知的情愫正在取代她对死去的未婚夫的思念。香儿成了古佛寺的座上宾，苟连长没有与她说起和尚的死，而是同士兵唱起了家乡的歌谣，这些歌谣关于爱情、友情、亲情、仇敌，香儿则以山歌回应，在落日降临前，他们像醉了酒一样，沉浸在对人世的歌颂与诅咒中。‘百灵鸟的唾液抹于唇，你唱过的女子，春天就将醒来。’香儿说她唱累了，苟连长引她到五观堂，油灯吹灭后，苟连长解下她的衣裳，一双手揪住她的乳房，有如在战场上揪下敌人的头颅，香儿的城邦沦陷了，苟连长在她的身体里肆意杀戮。”

二〇一二年夏，苟卫君被确诊为食道癌，医生下发通知那天，苟南异常平静。苟卫君转到了重症病房，等探望的亲戚与友人离开，苟南拉上窗帘，苟卫君惊骇地望着他，他向他讲述起自己与不同女人的性交经历，蜡油、牙刷、晾衣夹，苟卫君埋葬已久的欲望被这些器具撩拨起来，生殖器像墓碑一样竖起。苟卫君用手肘把自己撑起来，差不多有一刻钟的时间，他的嗓门不断发出金鱼冒泡的声音。苟南告诉妻子，“二伯似乎还有什么话要讲。”妻子说，“活到这把年纪，该说的话都说过了。”苟南给苟卫君带去了一支笔和一本画纸，苟卫君连着几天都在绘作图案，一周后，苟南取回那几页画纸，这些图案有一团相似的火焰和曲线，最后一张只剩下一粒黑点和一条颤抖的线条。苟卫君绘完图案后，陷入了抑郁，他用梳子割破了手背。苟南拿去一壶酒，在苟卫君床前，与他相对而饮，仲夏的蝉鸣试图捣穿人们的耳膜，酒没能灌进苟卫君的嘴里，顺着下巴流过脖子，洒到被子上，他伸出舌头，从气管里发出了一点点声响。苟卫君开始了绝食，苟南再见到他时，他就像一把喂狗的骨头，他握住苟南的食指，无声地哭泣。这天晚上，苟南梦到了祖母，她得知了丈夫的死讯，丢下两个孩子在战区中奔走，她似乎知道自己也将客死他乡，在她的行囊中装着与丈夫的信物。苟南还梦到了苟卫君和苟卫国的道别，苟卫国在半夜坐上了一辆马车，他用一张毛巾遮住阴阳头，临行前，他仍未拿定主意是否带上妻儿，苟卫君劝他避过这一阵风头再回来，当马车渐行渐远，苟南见到了苟卫君绘作的最后一幅图案。苟南醒来后，倚在床上抽烟，在烟雾中，他又触到了母亲冰冷的尸体，他记得，那天，她告诉苟卫君，批斗会下手越来越重，她想在袄子里再垫一些棉花，有人说，就是靠着这些棉花，她在江面上像一爿木片漂浮了很久。苟南吃过早餐就赶往医院，在路上，他想到，也许苟卫君已经死掉了，他心里不安起来，推开病房门的一刹，他想起苟卫君曾说过的一句话："我当了一辈子的替身。"这天，苟南赶到医院，看到苟卫君还活着，怜悯地扶起他，拍打他的后背，这个炎热的早晨令苟南永生难忘。苟卫君的身体有了好转的迹象，他又开始进食，并依靠气管的震动，能够说出一些简单的词汇。

"她怀孕后，养成了一个不太好的习惯，喜欢用膝盖去顶椅子的尖角，她的母亲不得不把家里的椅子磨得又钝又圆。一九四二年的夏季，她透过一扇窗户，每夜都能看到古佛寺的屋顶，她回味着那一晚，两具身体相撞发出的脆响，然而，她与苟连长却再也没能见上一面，苟连长上吊自杀后，她只能从人们对他的描述中，拼凑出他的模样。苟连长的弟弟在南京做汉奸的传言飘到了这个偏远的村庄，他被软禁起来，并被昔日的部下严刑拷问，他们妄想从他嘴里撬出秘密以立功，苟连长说，他与弟弟早就失去联系，这让乡民再次对他产生敬佩，在七十年后的展览中，人们用'硬骨头'来总结他经历的战役与风波。一九四二年秋季，香儿肚子里的动静越来越大，她听到了孩子的啼哭，她与这个未出生的孩子对谈，摆谈着那两段夭折的爱情。孩子出生，已经是新旧年的交接，接生婆把孩子从她的肚子里拔了出来，母亲失望透顶地告知她，是个女孩，而且膝盖有一块凸起的骨头。”

苟南原以为，与妻子有过暧昧关系的青年作家，将像那本扉页写着“献给LS”的书一样，被固定在妻子书架的一角，随着时间的流逝而被她遗忘。这座城市最冷的一个冬天到来的时候，青年作家寄来了一封邮件，邮件的封面上没有寄信地址，他似乎不希望妻子知道他的下落，或者这是属于他们二人的秘密。苟南将这封邮件放到了妻子的书桌上，整个上午，苟南无心再做其他事，于是他翻出青年作家的处女作，反复念出作者的名字——傅东东。妻子一开始是被这个有节奏的名字吸引？傅东东的文字如何落到妻子手上？苟南轻轻裁开邮件，里面装着一沓信笺，每一页信笺上都写有一段话，以“亲爱的”称呼对方，瞧着歪歪扭扭的字体，苟南像是与他共同体味着思念的煎熬。妻子随时会撞门进来，苟南飞快地读完了信笺的内容，它们虽然用第二人称写成，内容却是一个人的自言自语，也许青年作家原本并不想把这些情话寄给妻子，信笺的最后一页写了五个字“别了，亲爱的。”因为婚姻的堡垒太过坚固，青年作家放弃了这段感情？苟南从未感到妻子像今天一样神秘，他在厨房把这些信笺点燃，火苗由淡蓝变为深红再褪为淡蓝，在这一撮火苗的照明下，苟南看见了自己千疮百孔的心灵和躯体，过去的一年，他和数十个女人在床上欢愉，做爱成了一件麻木的行为，当他专注于这团火的燃烧，他突然想要为青年作家而哭。妻子回到家，向他询问苟卫君的状况，苟南几次开口想要告诉她，他烧掉了一封寄给她的邮件，他忍住没有开口。晚餐过后，妻子又在书房忙碌，苟南在阳台上修剪蜡梅，它散发出的香味像一剂催眠药。妻子上床前，苟南已经睡了一觉，妻子换睡衣时发出窸窣的响声，他意识到自己被傅东东羞辱了一番，妻子躺到他身旁，一些诡异的音符在被单上跳动，他们对视了一瞬，就像是在池底发现另一个泳者，在绿色刺鼻的水中对视。他想起了科塔萨尔在《天堂之门》里的描写，他摸到了那些音符，它们在演奏着关于嫉妒和背叛的乐章，他回过神时，听到了妻子的鼾声。

“她的头上裹着布头，水壶里的水漫出来，沿着铁皮沸腾，她闻到了烫猪皮的气味，鞭炮声传来，蝴蝶从窗户的破洞涌入，覆在女婴身上，她晃动摇篮，抖落满地花粉。这是苟连长下葬的日子，军队拿出军饷，将他草草打发。苟连长是含着屈辱上吊的，谁也不知道，他在死前是否有一个念头是关于她的，这令她悲哀不已。四个月后，她听说苟连长的妻子风尘仆仆地赶来，她才在那个更凄惨的女人身上找到了安慰，而当那个女人疯癫后，她开始为自己担忧，直到女儿学会了走路，她对女儿的来历产生了怀疑，这个在饥饿中成长的姑娘像是从地里长出来的，她这才明白，爱情从未眷顾她，这将成为她一生的诅咒，在她生命的最后岁月，她固执地认为，尽管她只有过一次性交经历，但她却是个十足的荡妇。”

二〇一三年，一本描写一九一三年欧洲文化艺术衰亡与萌芽的传记中译本即将问世，荀南从妻子手中提前拿到了书，书名初定为《一九一三的浪荡子们》，作者是柏林格里泽巴赫拍卖行的合伙人，负责十九世纪艺术品，这样的身份令他的文字像一个怪胎，在丰富的史实中充斥着作者的臆想，书的腰封上写着：弗兰茨·卡夫卡给菲丽丝·鲍尔写极长又极美的求婚信；普鲁斯特在追忆他的似水年华；斯特拉文斯基和勋伯格被无休止的丑闻缠身；在米兰，第一家普拉达连锁店开业；杜尚把一个车轮安在一把餐椅上；弗洛伊德与里尔克一起开怀畅饮；一个叫作阿道夫·希特勒的奥地利年轻画家在兜售他清新的城市风景画。一九一三年，是开始，也是结束。文化：消亡前最后的深呼吸。新的可能性出现，成熟，枯萎，永不再来。荀南沉迷于那个时代的绝望中，似乎每一个细节都昭示着世界末日的到来，他通宵达旦地阅读，并将自己假想为与大师共处的无名小卒，他在书的空白处，写下了一段话：泡桐树上，开七扇窗。一楼，卡夫卡写信，菲丽丝呀菲丽丝。二楼，阿道夫画裸像，比下体硬的是髭须。三楼，贝恩写诗，尸或者诗。四楼，柯克西卡做爱，阿尔玛的乳房来自史前文明。五楼，毕加索吃狗肉，狗死了，恋人快死了。六楼，普鲁斯特砌墙堵窗，生命太短，普鲁斯特太长。七楼，弗洛伊德说杀死你爹，荣格答，日你妈。松鼠撒尿，从一九一三年滴到二〇一三年。整整一个星期，他都无法从书中抽离出来。欧美文学出版计划第一辑作品出版后，妻子闲下来，她提起了一位在山中隐居多年的好友，他几乎忘记了如何与这位好友相识，只是隐约记得好友失踪前，曾与他彻夜长谈，那时他正在创作《施暴者说》，好友读后表示，真正的暴力藏在更隐蔽的地方。妻子说，这位好友也会出席研讨会，他自诩为“故土流亡者”，荀南想，世界正变得越来越黯淡。古佛寺展览归来，荀南构思以逃避现实的方式去处理现实的荒诞，他拿起笔，像是有一座山压在他的手腕，他用手淫瓦解写作的枯燥，大把大把的头发掉落，最后，他不得不承认，他只是把一堆苍白的文字凑到了一起。荀卫君之死，让他彻底成为现实的奴隶。医生说，这已经是个医学奇迹了，他趁着看护打盹的时机，吞下了体温计，彼时，医生已惊讶地发现，癌细胞竟在他体内蒸发了。他们抹掉了他的病史，用一场酒会代替追悼会，参与者歌颂他的美德，他用一辈子兑现一句承诺。荀南拒绝发言，他在欢喜的气氛中沉思，孤儿的身份晚到了近半个世纪。

“一九六三年的雨季，黄桷树新绿，在两日的礼拜之后，男女躲进树洞寻欢，他们声称听到了树神爷的低语。她平静地守着屋子，数十个男子在等待她的女儿，她始终把守着房门，用手杖击打贸然闯入者。天黑之后，他们在门前点起了篝火，女儿的哭声让他们同情而又愤怒，有人唱起了石工号子，她仿佛在听着另一个人的故事，他们唱哑了嗓子，被黑暗吞没。她起身的一瞬间，女儿的闺房传出粗壮的喘息以及膝盖与膝盖的撞击声。她想起了二十余年前的傍晚，四十九个石匠离开后，她跨出门，母亲瞧着她，那种目光让她不寒而栗。”

冒犯实验

二〇〇九年四月五日

“那个人趴下去，你会以为他被吓蒙了，但绝不会想到他死掉了。有一只燕子停在他的后脑勺，燕子再飞起时，血柱从他的颈部喷出，光线很暗。他好像想爬起来，接着又是两枪，受惊的燕子四处乱撞，嘴里衔着一团乌糟糟的东西，后来又补了一枪，趴在地上的人没有反应，他死掉了。那个时间，路上只有几个醉酒的嫖客，他们不会在意几声突兀的枪响。我忘记是怎么走回去的，老婆在为女儿准备早饭，我睡了一会儿，等她们出门后，我起床喝了些酒，然后报了警，警察通知我在家里候着，我闲得无聊，就在阳台上修剪花枝，大概半小时后，警察来把我接走。我被关了一整天，他们问到的问题，我都如实供述，包括从那里盗走的废弃钢材，然而他们始终不满意我的回答。他们问我，看到了几个人，我说，一个，也可能是两个或者三个，他们问，开枪的人用的是左手还是右手，我说，我只听到了枪响，如果非得指认凶手，我想，可能是燕子。警察闻到了我身上的酒味，他们让我睡一觉，后来，进来一个大个子，他把我叫醒，说我可以回去了。那件事发生后的五六天，我都处在一种极度崩溃的情绪里，像是看到了自己死亡的一刻，我躺在病床上，女儿让我说两句话，我说，你们给我一枪吧。大概两周后，我老婆拿回来一封信，我有十年没收到过信了吧，我让老婆拆开，她念了出来，他不仅知道我的行踪，还问候了我的女儿，最后他说，我最好装作一个哑巴。我老婆提议我们去什么地方避一避，我说我压根儿没见到凶手，我这么一走，警方会把屎盆子扣到我头上。她和我吵了起来，她骂我只会干些偷鸡摸狗的事情，我用皮带抽她。第二天，她带着女儿离开了家，我把她留下的衣物都扔到了垃圾站。她还没满十八岁就给我生下这个女儿，那时候我和另外几个女人还在纠缠，她爹逼着我们结婚，刚开始我们闹过离婚，没离成，我们都将就着过了下来。她离开的头几天，我像是脱了镣铐，我带了三个妓女回去，轮流操她们，我跟她们说，我没钱，但她们可以搬走想要的东西，一个女人拿走了电视，一个女人拿走了水壶和碗具，最后一个女人实在没什么可拿，就让我多少给她些钱，我看着她淫荡且愧疚的表情，将她嘲笑了一番，我说，我可是个杀人嫌犯，她懊恼地抬走了鞋架，再也没有妓女肯接待我。到了月底，我把能卖的东西都给卖了，我给丈人打了个电话，让老婆和女儿回来，他没听完就给挂了。我想，这一切都是那封信造成的，我别着一把刀出了门，最好能在街上遇到那家伙，要么他一枪把我也崩了，要么我们来一场短刀搏斗。我晃荡了一天，傍晚，我靠在一棵大榕树旁，竟然饿得哭起来，后来，我抢了一个女人，她被我拽到巷子里，我让她脱掉裤子，她咬了我一口，我用刀逼着她的脖子，她继续反抗，我突然扔下刀子，转身狂奔，没跑多远就跌倒在地，我仰面朝天，真鸡巴窝囊，真鸡巴窝囊。”

二〇〇九年四月十二日

“假如你读过那句诗，你会明白，它就是用来形容那一刻的。朱丹是我的前女友，我们在一个院子长大，年龄只差几个月，一出生就认识，从小学到高中，我们都是在同一所子弟校念书，小学以及初中时候，我们是好朋友关系，到了高中，则介于好朋友与男女朋友之间。高中毕业后的那个暑假，我把她睡了，是在我家，在我家的客厅，那天我父母不在，我们先是躺在凉椅上，我用手指去试探，她哭了，我就让她站起来，扶住餐桌，我捂住她的嘴巴，插了进去，有几珠血滴到了地上，怎么也擦不掉，那整个暑假，我吃饭时总会看到它，一看到，就硬得难受。高考我们都没考好，她的目标是一本，最后只刚刚过二本线，她不想复读，就去了本地的一所师范校，我更差，连一专线都没上，我父母跑了一阵关系，想把我弄进卫校混个文凭，最后没成，我没有别的选择，只能复读。复读那年，我没在原来的子弟校念，而是转去了一所更好的高中，虽然管得很严，我还是会趁周末去找朱丹，跟她开房，她一次比一次痛，我以为她是装的。在新学校，我认识了狗熊，我花钱让他替我打架，刚开学的那阵子，有个家伙喜欢找我的茬，我让狗熊把他摁在厕所的墙上，喝了一瓶我灌好的尿。转年的二三月份，朱丹告诉我，她加入了学生会，有个学生会的男生喜欢她，送她礼物，还给她写情书，我让她把情书给我看，然后我说，我想会会他。朱丹不大情愿地约了那个男生，就在他们学校附近的一片荒地上，我先跟他单挑，我揍不过他，狗熊就上来了，用膝盖磕破了他的下巴，朱丹把那些礼物和情书都还给了他。那之后，我再去找朱丹，总是会叫上狗熊，有时候是我主动喊的，有时候是朱丹要求的。高考前一个月的某个周末，我们陪朱丹逛街，走到一家快倒闭的影院外面，朱丹说她想看电影，狗熊就让检票员带他去厕所，我和朱丹溜了进去，恰好只剩两个位子，朱丹让我坐，我说我不坐，我站到了旁边的过道上，过了会儿，狗熊也进来了，他跟我打了个招呼，就坐到了朱丹旁边。那是一部特工片，有一场男主角和女主角潜水格斗戏，女主角占上风，男主角撒手往下沉，女主角拉住他的衣领，他顺势吻她，一串水泡覆盖了整张荧幕，我喘不上气，回头去看狗熊和朱丹，狗熊的手伸到了朱丹的裙子里，朱丹的脑袋在往上浮，像是要浮到水面去透气。从影院出来，我说我不舒服，让狗熊送朱丹回去，朱丹躲在阴影里，脸上还有红晕，回家的路上，我想，狗熊只是玩弄一下朱丹，但我不打算理她了。这次高考，我的成绩比上次提了将近一百分，尽管还是没上本科线，但至少有书可念，我父母坚持让我在本地的卫校读，我没按他们的想法报，而是报了所医学院的专科，有些冒险，好在最后录取了，录取通知书下来后，我父母也认为，这是个更好的选择。然后，我就去了另一个城市，我既没跟朱丹再联系，也没跟狗熊再联系，我听说朱丹后来跟个混账搅在了一起，是朱丹的父母告诉我父母的，我估计那混账就是狗熊，她父母还想要我的联系方式，我让我父母别给，永远别给。专科三年读完，我又继续升了本，那一段，我交了个新女友，她比朱丹漂亮，但她勾不起我的性欲，每次和她上床，我总是会幻想她跟别的男人睡是什么样，将要毕业时，我试探着问她，要不要玩一次，然后，她就离开了我。我从医学院毕业那年，各所医院都在整顿，进人的名额卡得很严，我找了一圈都没找到合适的工作，就回来开了这家诊所，这只是暂时的，当时我这么想，现在我仍这么想。那天来了一个皮肤过敏的男孩，我给他开了很重的药，挂吊瓶的时候，他直愣愣地盯着我，这个眼神让我想起了一些事，液体流进他的静脉，他很慌张，然后他吐了，我把他扶起来，停了药，他的父母责备了我几句。下班回家，我睡在沙发上，回想男孩的眼神。黄昏或者再晚些，就是那种景色处于虚幻与真实之间时，狗熊和朱丹来了，我没想到他们还在一起，我们在客厅里喝红茶和果茶，狗熊的鼻梁左侧长了一颗痦子，这颗痦子逐渐在他脸上游动，朱丹默不作声，狗熊谈论起他们的婚事，我祝贺他们，然后狗熊站起身，要借用我的浴室，我给他找了件睡衣。浴室里水声响起，朱丹过来抱住我的脑袋，我的脸陷进了她的乳沟，我骑到她身上，我从来没有这样的经验，我把自己当成狗熊的扮演者。枪响过后，我睡在床上不肯挪动身体。假如你读过那句诗，你会明白，它就是用来形容那一刻的：螯痛比时间更具强势。”

二〇〇九年四月十九日

“我整宿都没睡着，他睡着了，后来惊醒了，我敢笃定，我们都听到了那个声音，他翻身，然后走到窗边，抽了一支烟，也许没有，只是静静地站了一会儿，他被一副干瘦的骨架撑着，我问他怎么了，他说，起风了。我们相依平和地度过了半个世纪，可是那天晚上，他像一个士兵，像一个负伤的士兵。入睡前，他说，上千只蚂蚁在他的双腿筑巢，总有一天他会变成一个空壳子。我让他不要像个小伙子般忧伤。他服了药，关掉灯，他问我，有没有听过加芬克尔的冒犯实验？我在脑海里搜寻着一串串长而难记的外国人名。他说，这是常人方法论中一种极端的方式，研究者在研究对象不知情的情况下，故意冒犯他。他说，研究者和研究对象交谈，无论研究对象说什么，研究者只问一句，什么意思？在加芬克尔的七个示例中，研究者在几次重复之后，便惹恼了研究对象。我告诉他，我不想听这些枯燥的实验。他接着说，理论上对话能无休止地继续，研究者无尽地压榨研究对象的经验，在这个理想状态下，可以推导出一个无限接近透明的人，姑且称他为透明人，然而追问将不可避免地被死亡终结，当对话涉及死亡的话题时，它就进入了一条死胡同，没有人敢冒犯死亡，再也不能追问死亡是什么意思，这就是舍勒所谓的，死并不属于我们纯粹经验的成分。我说，我们该睡了。他说，所以只能是无限接近透明，无限接近，这是个多么玄妙的词，只有概率学家才会用到它，他们探索的是未知的部分，在一个透明人身边，围绕着无数个概率学家，他们从那些被压榨的经验中计算出每一个行为的隐喻，这个庞大的计算的终点又是死亡，换句话说，孤立的行为是无意义的，然而它们都指向死亡，现在，再将概率学家从现实抽离出去，他们潜藏在太平间、教堂或者公墓，他们潜藏在患者病变的肺部、暴怒狂偾张的鼻孔、婴儿丑陋的褶皱里，在一长串公式的末尾写上，死亡是生命的终极意义。他在药物的作用下入睡了，我并没有理解他阐释的理论，我曾经在橱窗里看见过自己的影子，它悬立在半空，像一页纸，我离开后，它仍悬在那里，我想，每照一次镜子，身体就会被割走一层，到如今我一低头便能看到自己脆弱的脏器，概率学家藏在镜子里。

他被惊醒了，走到窗边，他说起风了，他可怜巴巴地盯着我。”

二〇〇九年五月九日

“上午十点十分，他从书店出来，拿着爱伦·坡的《黑猫》、让·卡里埃尔的《马鄂的雀鹰》、夏尔·波德莱尔的《一八四五年的沙龙》、阿列克塞·瓦尔拉莫夫的《沉没的方舟》。十点二十，他上了一辆出租车。十点四十，他回到宾馆，让前台更换房间，理由是隔壁行房声音太大，经查属实。十一点，他拿到六〇一房间门卡，这个房间的门正对电梯，窗户临街。十二点十五，他下楼，背着双肩包，服务员整理房间，无异常，桌上有一段新抄录的文字，是关于大杜瓦尔·勒卡缪的评论：知道如何语调轻松地，从庄严到温柔，从玩笑到严肃。十二点四十，他在快餐店点了一份中餐。下午一点十分，走出餐厅，抽了一支烟，从包里取出一张IC卡，找到电话亭，拨了三次号码，前两次号码有误，最后一次说了四十八秒，环境过于嘈杂，无法听清对话内容。一点二十，他坐上出租车，出租车绕了一段路，有可能他发现被跟踪，也有可能是司机刻意绕路。下午两点，他到达烟云酒馆，与一对陌生男女并桌而坐，不时低头记录陌生男子的谈话内容。两点四十，我们佯装顾客，进入酒馆，与他们相隔一条过道。他问了三个问题，关于布衣诗社、《新浪潮》杂志以及水母形态。陌生男子警觉地回避问题，并要求另找地点。下午三点，三人离开烟云酒馆，乘坐同一辆车离开。下午三点四十，跟踪失败。”

二〇〇九年五月二十三日

“我第一次参加画展，是三十年前，曲磊磊、黄锐、马德升来找我，我一向反感有组织的活动，后来，他们带我去看了一些作品，有木雕和版画，也有油画和素描，像一亩长满稗子的稻田，那种粗糙感吸引了我，我参展的作品是一幅枯萎的太阳，那幅画绘于一九七六年，后来，因为场地的事，马德升与黄锐去跟美协斡旋，没有结果，我们就在中国美术馆旁边的街心花园露天展出，画展被阻挠，我没有参与后来的事，有个诗人在游行前塞给我一封遗书，他说，他要用肉体抚养诗体，我不知道他的结局，也许被捕，也许死了。第二年，他们注册了画会，又举办了第二届画展，我躲到南方的一个村子里，开始创作《女人在墓地吞枪》，我的初衷是想讲一个爱情故事，可是墓碑却越画越多，墓碑上没有墓主的名字，只有一行歪歪扭扭的诗，女人站在墓地中央，嘴里塞了一支枪，天是蓝的、地是黄的、墓碑和女人是灰色的，我脑子里反复想起凡·高，又借鉴了柯克西卡的画风，直到一九八三年，这幅画才算完成，我赶紧把它卖掉，然后出国，据说它的价格被抬得很高，又被冠上末日寓言的美誉，当然，我没捞到一分钱。我去得克萨斯投靠了表哥，扔掉了画笔和刻刀，不是不想画，而是画不出，有几个美国佬愿意给我钱，我过得很安逸。在海外的最后几年我去了墨西哥，随查巴达游击队采访，他们在欢迎词里说，武装以便发声，遮住面孔以便现身，我想起那些朋友，实际上战斗并没有我想象中那么残酷。我安全地回到奥斯汀，将采访手记整理成一篇报道，交由杂志发表。回国前，我画了一些丛林冲突的草稿，最后都扔进了壁炉。二〇〇三年，我只身踏上故土，就像离开时一样。我又拿起画笔，帮文学刊物绘插图，这份工作让我结交了一些更年轻的诗人，我和他们混熟后，就把他们的诗句改成画稿，四年，一共画了三十二幅，不算太多，但也不少，他们建议做一场联展，他们拿出手稿，我拿出画稿，布展期间，我在展馆附近租了一间房子，诗人们喜欢在我这里留宿，不，我们没有上床，我们商定展览事项，也聊个人经历，偶尔冷场，我会告诉他们，那一刻像极了战斗的间隔，他们总是一笑而过。有时候，我看着画或者看着他们，就会想，九十年代如同一条鸿沟，有的人沉了下去，渡过来的人又像荒岛上的鲁滨孙，直到那晚的枪声响起，他们自然是吓坏了，我拉开窗帘看到了熟悉的背影，他像是从遥远的街心花园跑来。在我精神流亡的森林尽头，遥远往事悠悠传出号角声声，我想起被遗弃在岛上的水手，想起囚徒、战败者，其他许多人。”

伪装

柳兆武的一生用过七个名字，就像活了七辈子。愚人节那天，烟云酒馆照例举行一年一次的旧书派对，一个看上去只有十六七岁的男孩凭一本马尔科姆·考利的《流放者归来》混了进去，他既没有向酒保讨酒喝，也没有参与任何的讨论，他蹲在角落，像一顶雨后的蘑菇。傍晚，一个邋遢的长毛走进来，一些女青年认出了他，人们围拢到一堆，他站到桌子上，手里拿的是阿尔贝·加缪的《西绪福斯神话》和《反抗者》，他开始演说，诗人们正在遭遇不幸，没有一个艺术家能容忍真实，也没有一个艺术家离得开真实。酒馆陷入黑暗，女青年的长裙绊倒了某个人，杯子摔在地上，男孩的声音从墙角传来，像是在回应长毛说的话，又像是在自言自语，没有人能针对我们时代的青年说话，没有人能让我们一心一意地去追随，甚至没有人能让我们明智地、有成效地作为背叛的对象。在场的人朝着酒馆的出口拥去，这时候，灯又亮起来，派对恢复正常，戴帽子的男人走向男孩，把他扶了起来，男孩生了什么重病似的，酒馆老板本想把他赶出去，戴帽子的男人交涉了几句，又叫酒保送来两杯烈酒，男孩啐了一口，立刻伸出舌头，戴帽子的男人嘲笑他，比女人还不如，男孩赌气地将杯里的酒一饮而尽，只有少数几个人在拿余光瞥着他们，一开始，他们还在探讨某个问题，后来就成了男孩的独角戏。变故发生在临近散场时，男孩的音量越来越高，他俩似乎起了争执，随后，戴帽子的男人掐住了男孩的脖子，男孩哭号着求救，青年男女都以为这是一个玩笑，只有长毛走了过去，要求他放开这个孩子，戴帽子的男人想绕过他，长毛堵住去路，戴帽子的男人被激怒了，他从腰间掏出一把枪，顶在了男孩的头上，长毛不知道该怎么收场，酒馆老板设法拖住戴帽子的男人。酒馆老板说，这男孩是哪儿的，怎么从来没见过？他镇定地向其余的人使了个眼色，又拉开抽屉找零钱。戴帽子的男人说，像是四川人。有几个人溜了出去。戴帽子的男人说，这小子骂博尔赫斯是娘炮。酒馆老板递上了零钱。戴帽子的男人继续说着，这小子骂博尔赫斯是娘炮，骂莫雷尔也是娘炮。长毛矫情地插嘴说道，他的葬身之处不是他罪行累累的河流，而是在一家医院里因肺充血身亡。戴帽子的男人一枪击中了他的大腿。枪响后，酒馆里的顾客抱头冲了出去。门外巡逻民警已经赶到，拉响了警报。戴帽子的男人往长毛的胸口又补了两枪。这就是那起酒馆劫持人质事件，歹徒弹夹里的最后四发子弹分别射向了一名警察、酒馆老板、男孩以及他自己，小报消息的结尾

►

讽刺地写道，倒在血泊中的柳兆武没有惊慌，他在想，恐怕又得换个名字了。

假如一九六〇年再晚几天入冬，他至少能拥有一个合法的名字，或者他根本不会来到这个世界。从一九五九年的春天起，他的母亲就在盼着那场会面，她要去见一个叫柳英明的男人，介绍信在次年秋天批复下来，她坐上开往西北的列车时，天气已经转寒，列车因为一场大雪耽搁了几天，她在停靠的小站旁买了一瓶陈醋和一件袄子。她抵达农场已是夜半时分，农场领导接待了她，尽管野地里什么也看不见，荒凉的气味还是令她想到了地狱惨象。农场领导说，他们开荒去了，既然来了，也不着急这三两天。她在农场住了下来，第一宿，她梦到柳英明在老家喊她回去，第二天一早，她蒙在被窝里哭，农场领导没敲门就进来了，给她端来一碗糊糊，问她，是不是想早些见到柳英明。农场领导走后，她琢磨他的话，第二宿，她去了农场领导住的屋，一进门，她把陈醋和袄子搁到桌上，脱光了自己的衣裳。第三天，农场领导答应带她去找柳英明，他们往北走了几里地，冒着风沙翻上山丘，她扑通一下就跪在了地上，山丘下的坟包像蜂窝一样。农场领导说，喏，刚垒的那座。回去的路上，她在想，弄丢一个男人比送出一件袄子还容易。一九六一年，柳兆武出生了，他的出生对于他的母亲而言是一场灾难，这个女人当着众人的面，用一把剪子戳瞎了双眼，从此讲着没人能听懂的胡话，长达两年的表演庇护了柳兆武的成长。柳兆武的第一段记忆,起于一九六三年的某个下午,他的母亲在一张纸片上写下了他的名字——最初的名字亦是最短暂的名字,纸片被塞进他的袖口,这张纸片上的三个字将像胎记一样,长进他的肉里,成为他最隐蔽的秘密,直到他躺在酒馆的血泊中,往事浓缩为一个黑点,他才明白过来,他一生所做的壮举,都是为了掩饰这个脆弱。他看到母亲爬上了梯子,悬空吊在一根绳子上,半天没有动弹,他吼出了人生中的第一个词:疯婆娘。这天晚上,大姨把他接了回去,并与姨父大吵了一番,他们在为粮食而愁闷。他睡在几个兄弟中间,咯咯地笑起来,他看到了疯婆娘想说话,却又说不出话的样子。

大姨说,你姓冯,名开顺。可是,没有人顾得上叫他的名字,他像只耗子一样,在夹缝中窥视人们的生活。有一次,姨父喝醉了酒,把他叫过去,用一种讥笑的语气告诉他,你还有个外婆,住在官帽山的山坡上。他找到了那片山坡,草房子建在光秃秃的荒土上,他趴在岩石上,等着老妇人出来。日落时,老妇人拄着拐站到了门口,他走上去,发现老妇人是个瞎子,她听到了他的动静,问他是谁,他喊了一声疯婆娘,反身往山下跑。在漫长且饥饿的童年,他做着同一个梦,他把种子撒到了山坡上,树苗从毛孔里长出来,只要一起风,他就听到身上簌簌地响。他十二岁时,终于有了一个出走的机会,村里来了一群游走石匠,他和大哥守着他们为将死之人打好了墓碑，游走石匠要带大哥去讨生活，大哥奔去告知姨父，被姨父捆在了柱子上，游走石匠走后，姨父解开绳子，大哥奔了出去。姨父说，最好一辈子也别回来。那天夜里，下了入夏的首场暴雨，烈雷在房顶爆炸，雨顺着四壁流下去，又一个闪电的瞬息，他看到大哥蹲在院子里的泡桐树上，他们盯着对方，他感到，有什么禁忌快被打破，雷声渐小，他终于听到了大哥的声音，大哥在叫他的名字，大哥在叫冯开顺，他缩到了被窝里。翌日，他循着石匠的踪迹离开了村庄，他并没有意识到，他漂泊的一生正是从这次出走开始。在他离开的岁月，村庄如同中了魔咒一般，墓碑长满了青苔，将死之人却依旧苟延残喘，村民日复一日地劳作，直到三年后的一天，广播里传来领袖去世的消息，他们恍然大悟，村庄被遗弃了三年。也是在那一天，他回到了村庄，他的归来打破了凝重的气氛，追悼会上，有人向他问起，是否见到了领袖最后一面？他对出走的经历只字不提，人们只能从他体格和相貌的变化去揣测他的不凡遭遇，他们确定的是，他并没有找到石匠，因为他的手掌上没有老茧。他比三年前更加沉默，偶尔说一句话，声音像荨麻草一样锋利。在他日后的作品中，依稀能够看到这段经历的影子。譬如他描写大串联时期的诗句，“车皮上的人头，捂住了黄土地的严冬”。另一篇小说《成长的奥秘》背景仍设置在西北荒漠，写了一个少年通过狂热的革命去认知性爱的过程，二者的共同之处在于，“短暂的一瞬触到了永恒”。当然，这些作品都是他后来的回忆和幻想，彼时，他对女人还一无所知。他第一次见到女性赤裸的躯体是在追悼会后几日，那是一具被河水冲上岸的女尸，她像水母一样透明，在那之后，他常常坐到河边，思念这个只有一面之缘的女人。又过了一年，麻疹席卷了中国南部，他的姨父与病魔抗争两个月后，不治身亡，大哥领着几个兄弟躲到了另一个村子，他和大姨用一床草席裹着姨父，埋到竹林地，再将竹壳点燃，烈焰燃烧时，他想起了多年前的梦，树苗从毛孔里长了出来。晚上，他在茅房里清洗身子，大姨闯了进来，她拿着丝瓜络往他身上搓，他的皮肤像是被刀片刮开，五脏六腑正往外翻，大姨突然靠到他背上，他感到一股清泉沿着他的背脊往下流。疾病撤离后，村里多了一群寡妇，她们像一只只落单的大雁，他偷偷地将她们画下来，忧伤使他的画技突飞猛进，夜深人静时，他甚至听到了纸上的哀鸣，为了使这个秘密不被人发现，他把画纸埋到了院子里，后来，房屋翻修时，大哥用锄头掘土，那些画纸已化为乌有，为了弥补这个遗憾，他决心要让她们的容貌在文字里永存，他想象自己打磨斧头一样地打磨她们。一九八二年，他收到了大学录取通知书，远行前，他把处子之身献给了大姨，她整晚都在喊着冯开顺，他拨开她的阴毛，试图找到那只透明的水母，可是她的身体丑陋极了，他在日记本里写道：躺在床上的，是遥远的五十岁。

入学后不久，大哥寄来一封信，信里骂他是条发情的野狗，他知道，事情败露了，彼时他已经掉进了女人的阴唇，不可自拔，他用手淫消磨欲望，他在擦过精液的纸上写诗，将女性的生殖器比喻为三十二种动植物，诗稿垒了厚厚一摞，他又重新誊写一遍，命名《野狗的吠叫》，署名董伟，投到了校刊，校刊用一期专号刊发了这首长诗，他受到学校的警告处分。第二学年，他加入了大名鼎鼎的布衣诗社，据说诗社的创建者是一只会吟诵五言绝句的猫，很快他便知道这只是一个玩笑或者幌子，诗社成员对政治的热衷把他吓坏了，高年级的同学在介绍波兰的团结工会，结束时，所有人都在喊方立勇，一个矮小的南方人走到了中央，底气十足地念："在万岁的国度，我甘愿做个短命鬼，用刺刀戳破你，鲜艳而虚伪的面具，请替我安上罪名，我将把它当作一顶桂冠，在你们的嘲讽中，凝视怯懦。"矮个子把这首诗撕成了碎片，碎片像雪花一样融化在他们的肩上，就在那寂静的时刻，他听到了女人空灵的呻吟，看到了方立勇撑起的裤裆。他另起炉灶，召集了几名美术系和文献系同学，成立泥巴诗社，与布衣诗社抗衡，还印了一份社刊，用于批驳布衣诗社的虚伪和功利，他接连写了两篇文章《诗歌隔离论》和《诗歌在场论》，文章记录了他和方立勇的对话，讨论作者在诗歌中应当以什么样的姿态出现，文风更像是他的自问自答。一九八四年，两篇伪作发表在《文艺理论》上，辗转到方立勇手里，方立勇要和他进行一场辩论和决斗，他迟迟没有回音，泥巴诗社遭到打压解散，就在人们以为争论将不了了之时，方立勇却在毕业前夕横尸街头，阴囊被割破，睾丸被取走，身旁留有一行话：诗意是消极的。他被列为嫌疑人之一，在逃亡中，他总能避开每一次追捕，那些仇人坚信，不止一人为他通风报信。

一九八八年，他经营的饭馆由于入不敷出而倒闭，曾经接受他资助的人帮他出版了第一本诗集《石匠》，他在前言里写道：当航船即将沉没，唯独我一人欣赏冰山一点点刺穿月亮。他以一名失踪者林枫的身份，逃到了珠江三角洲一带，在几艘走私船内，等待营救，他们在码头制造了一场混乱，挂着牛头钥匙链的接头者终于赶来，引擎启动，船舱内有人晕厥了过去。此时他站在岸上，以体弱为由离开了船只，他在一本《见证者》里写下了当晚发生的惨剧：走私船没驶多远，巡逻艇便追了上去，截断了他们的去路，走私船发疯似的撞向巡逻艇，警报响起，连环枪声传来，走私船开始下沉，午夜，巡逻艇回到了码头，海面一片平静。据一份黑帮购买的秘密档案记载，警方从一名线人口中得知了他们的行动，佯装配合他们的计谋，当晚仅有六人幸存，包括两名船员和四名学生。尽管他事后声称，他被释放的原因是具有自首情节，然而种种迹象表明，他就是那个告密者。兴许是为了讨得一份心安，他肩负起照顾亡友家眷的责任。一九九〇年，他与一位亡友的太太相恋，在她的脸上，他看到了当年寡妇们迷人的忧愁，他以为又回到了青春时期，用一首又一首的情诗，俘获了她的芳心，他们办了一张假结婚证，开始了跨越大半个中国的游历，从漠河到西双版纳，从上海到古格遗址，就在他们启程前往西北荒漠时，这场不被承认的婚姻结束了，她死在了异乡，死因是一种罕见的妇科病，他愧疚地写道：我从未想到，身体可能是肮脏的。这段旅程有无数种风言流语，关于娼妓，关于亡夫，关于贫穷。这是一九九三年，同一年，另一位诗人举起斧头砍向了自己的妻子，他把那位诗人的诗刻在了她的墓碑上，“我多么希望，有一个门口。早晨，阳光照在草上。我们站着，扶着自己的门扇，门很低，但太阳是明亮的。草在结它的种子，风在摇它的叶子，我们站着，不说话，就十分美好。有门，不用开开，是我们的，就十分美好。”

一九九四年，跨文体实验作品《空》被摆上了书架，封面罗列了一排文化名流，暗示作者交际颇广，作品采用了注释与文本结合的方式，文本部分是诗歌的格式，注释部分包含小说、哲学和绘画，作者在最后一条注释里，给了所有读者一记耳光：献给自大狂。这个玩笑惹恼了封面上的名流，甚至让出版者官司缠身，一系列的风波使得作品很快售罄，但没有再版，这时候读者才想起去找作者简介，这又是一个玩笑，整本书既没有作者简介，也没有作者的名字。书里写了五个预言：自私成为美德；语法趋于一统；运动沦为口号；自杀形成风潮；人类毁于同性恋。一九九六年，他在一篇访谈中化名范涛，承认那是他的老把戏——戏谑之作，公众更愿意相信他是个冒名者或者患上了精神病。在一家精神病医院的确可以查到他的入院记录，入院时间是一九九六年八月，诊断报告上写的是重度手淫依赖症，院长说，一九九七年农历新年伊始，他引诱值班女护士服下镇静剂后，强奸了她，并将她裸身泡在了水池中，然后砸开医院的一扇后门逃跑，当他们发现她时，她被冻得昏死过去。一九九七年九月，他回乡参加了大姨的葬礼，签名簿上的名字是冯开顺。一九九七年十月，他写下《母亲》，发表于当月《新浪潮》，其中一句——"手指伸进你干涸的阴道，褶皱里藏着生命的奥秘。"遭到各方批判，最为激烈的是有人烧毁了五十本《新浪潮》，扬言要将他千刀万剐。经过调查，警方认为他就是精神病医院强奸案的疑犯，他们找到了稿酬的寄送地址，那是城郊的一处锅炉房，地上遗留有血迹和破碎的衣物，他们在锅炉里找到了一具灰炭般的尸体。一九九八年和一九九九年，他出现在云南边境一带，为金三角毒贩卖命，四年后，该团伙头目被捕，在供词里陈述了关于他的一些经历，他精通毗邻四国的文字和语言，以及云贵川方言，在谈判中担当翻译，有一次交易，对方翻脸劫货，他冒死持枪血拼，击毙四人，这是安排的一场考验，他成了团伙的三号人物，有人出于嫉妒，状告他与毒枭的女人偷情，告状者被处以极刑。新世纪的第一天，他带着一批货和三把枪消失，新世纪的第二天，偷渡船从湄公河打捞起了毒枭的女人，她的胸口有两处枪伤。二〇〇〇年二月，也就是他离开金三角一

►

个月后，他写完长诗《罂粟皇后》，全诗以子弹出膛开头，以初识毒枭的女人结尾，他们在仓库里做爱，"比死还快活"，该诗佐证了团伙头目的供词。二〇〇〇年至二〇〇三年，共有八名女性以相同的方式遇害——被强奸后溺死，她们依次是妓女、车间工人、保健品推销员、画家、单簧管乐手、司机、电影制片人、无业游民，其中电影制片人和无业游民是在同一时间同一地点遇害，这八人均是药物滥用者。这些案件理所应当地记在了他的头上，六年间，除了《罂粟皇后》，他还留下了大量湖泊描写断章，偶尔穿插一些小故事，充满极简主义的色彩，例如《雾》，写了一对夫妇住在小岛上，妻子去世后，丈夫造了一艘船，他划船迷失在大雾中，雾散后，小岛已被湖水淹没。二〇〇二年，曾有一拨便衣跟踪到了他，他出没于一家俱乐部，那里每逢周末会有钢管舞演出，一名舞者事后回忆，他说自己是大学教授，想观察男男性行为，舞者断然拒绝，他又来了几次，每次都会提出那个请求，舞者警告他，小心惹上麻烦。当便衣准备收网时，他已不再光顾那家俱乐部。

二〇〇四年，烟云酒馆成了他的新据点，他这样描述烟云酒馆：地上铺满了词语，走路也得小心翼翼，生怕踩坏了别人的灵感，拉什迪、格拉斯、阿斯图里亚斯、马尔克斯在墙上挂着，他们一同望着卡尔维诺的句子，"城市已经无可救药，城里的一切工作都是为了制造能够数小时摆脱城市然后再回到城里来的手段。"在这里，写出一段好诗，就能换来一个貌美的姑娘，她的股沟文着一只饿坏的蟑螂，引诱你把鸡巴塞进她的屁眼，姑娘们都盯着年轻的诗人，期望他们能吐出什么绝妙的比喻，而我一心想喂饱她们的蟑螂，不愿付出什么，我跟一个女人说了些庸俗的情话，那女人便跟我回去了，她问我多大年纪，我没有隐瞒，她问我叫什么名字，我说叫张伟，她笑起来，我搂住她，真想掐死她，可是她告诉我，她有个走失的孩子，我们起床抽烟，她问我，会不会向一个女人求婚，我说不会，她说，你还写过什么，我就给她读写给寡妇的那些诗，她没有听完就睡着了，我抓住她的乳房，她睡得像头猪，天还没亮，她穿好衣服，没跟我告别就走了，我想，这辈子再也见不到她了。平时，烟云酒馆的老板不愿意他的宾客谈论政治，旧书派对那天例外，一年之中，仿佛仅有这一天可供宣泄，在旧书派对上，我还是被认了出来，他叫出了我曾用过的名字，那些阴霾般的日子又浮现起来，他欣喜地握住我的手，沉重的经历并没有使我们的相貌有太多变化，他说他在杂志社工作，希望我能为他们写一部作品，他还说到了一些烂俗的词语，譬如孤独与落寞，它们突兀得像雪野里的蛙叫，与周遭没有丝毫关联，从烟云酒馆出来，我脑子里蹦出一句话，我多想为你打一口棺材。《进化》共计有三千八百一十二行，这是一首献给女人的史诗，不同朝代不同身份乃至不同种族的女人在诗中的结局都是变为一只水母，最后一个女人生活在未来，她看着飓风掀起的海浪将文明摧毁，“救世主是透明的。”这首诗完稿于二〇〇六年五月，七月，他在出租房内将诗稿删减为三百行，九月，诗稿只剩下一百二十行，语言简洁得像一份生物学报告，十一月，他把它投到了杂志社，三个月后没有回音，他在信封里塞了一枚子弹寄过去，信里只有八个字：诗人已从王位跌落。二〇〇七年，他开始创作一生中最伟大的作品。五月二十四日，警方接到房东的报警，以下是房东口述：房租只续到五月份，我想，他或许资金周转困难，便宽限几天，我照着他留下的电话拨过去，忙音，反复了几次，我起了疑心，就去出租房打探，隔着老远，一股屠宰场的味道扑鼻而来，我敲了一会儿门，邻居走出来向我抱怨，租客两个月没回来过，那所房子成了老鼠的天堂，我去找了开锁匠，让他替我把门撬开，走廊里站满了人，他们在议论半年前房间里的响动，以及租客带回的各种女人，他们说到了钢条和电焊，还说到了下流的虐待游戏，我预感我摊上了大事，只能不断地安慰自己，他不过是个铁匠而已。此后罪孽的景象，房东不愿再复述，三十余平方米的房间，隔了六个铁笼，六个性奴分别被囚禁在其中，没有挣扎搏斗的迹象，她们的嘴被封住，喉咙被割断，这六人并非在同一时间死亡，很有可能，一个性奴看着另一个性奴的血在地板上淌开，绘成一幅抽象画，尸体凝成一块蜡，在六个铁笼的中间是一张弹簧床，床单上有精斑和长发，邻居们听到的响动便是从这里传出，难以分清那响动来自欲望还是绝望。警方在屋内找到了两条线索，一是枕头下压着的纸，写着：诗意是透明的。另一条线索是一本污秽的回忆录草稿，在回忆录里，他尽力粉饰犯下的过错，称其为“对野蛮世界的野蛮回应”，正是基于这本回忆录草稿，警方将跨越世纪的一系列悬案串到了一起，本文也是以该回忆录草稿、一些不完整日记、相关作品和当事人叙述为蓝本而撰写。

他的最后一个名字无关紧要。那个十六七岁的男孩说，一种动物早晨四条腿，中午两条腿，晚上三条腿，腿最多时最无能，男孩笑着问，你是谁，他说，俄狄浦斯从不缺乏勇气。

白茂的骗局

上

钟离第一次见秦茹就想日她，是白茂带她来的，他打开门，先看到秦茹，再看到白茂。白茂说，他是来躲债的。钟离收拾了屋子，在客厅里支了一张行军床，他们到楼下餐馆吃了晚餐，又买了两瓶烧酒和一斤花生米，白茂喝起酒就像变了个人，他开始畅谈他的那些花哨的设想，这一次，他想发明一台故事贩卖机，首先搞一台像这间屋子一样大的录音机，再有十几盘如餐桌大小的磁带，磁带里是采集来的不同的故事，如爱情和梦境、奇迹和绝望、战争和一场寡淡无味的聚会，作家们可以支付一笔费用聆听一段或者用一则新的故事交换，终有一天，这台机器将集齐这个时代所有的秘密，听者与讲述者都将永生不死。过了一会儿，白茂趴在桌上睡着了。钟离和秦茹把白茂抬上了行军床。钟离问，你们什么时候认识的？秦茹说，半年前。钟离不知道还应该问些什么，他说，早些睡。钟离靠在卧房的门后，他想着白茂说到的那些秘密以及秦茹的大腿。头半夜，三条呼吸在屋子上方悬着，钟离踏在梦的边缘，每次都被一声重重的回响惊醒，像是身体里的某一根骨头断裂，只有在停尸房才会听到如此沉闷的声音。后半夜，白茂起来吐了一次，然后，白茂架着秦茹的腿操她。钟离的手抓住下体，回声、喘息、喘息、回声，最终，他把自己搞得一团糟，眼前是一盘巨型磁带在转动。白茂走后，又来了几位久未联系的朋友，钟离猜测，是白茂告诉了他们自己的住址。有两位朋友谈到了白茂的近况，一位朋友说，白茂在编写一本死亡词典。另一位朋友说，他为画展焦头烂额之时，白茂给了他一笔数目不小的资助，画展开幕，来了一帮着便衣的警察，他才知道，白茂的钱是从赌场赢来的，那帮愚蠢而疯狂的赌徒碰面后发现，白茂从无败绩，他们认定白茂用了千术。钟离旁敲侧击地打探秦茹的消息，一位朋友说，白茂至少和四五个女人有来往，另一位朋友则说，白茂始终保持独身。为了躲开无休止的拜访，钟离买了一张去往海南的机票，他在那里待了一个星期，最后一天，他在沙滩上晒太阳，乌云迅猛而反常地吞掉了天空，他淋着雨回到住处，开门时，他突然觉得走投无路的白茂会再去找他。第二天，他改签了机票，在飞机上他又想手淫，他换到了无人的一排，用报纸盖住裤裆，空姐走过来问他是不是不舒服，他慌乱地拉起拉链，拿起报纸阅览，报纸的第一版是领导人出访的新闻，第二版是陈词滥调的评论，第三版有一篇关于戏曲的文章和一篇探讨唱片是否会消失的文章，第四版报道了一名异见作家赤身坠亡，当他读到被歪曲的异见作家的生平，他确定死者就是白茂(那篇文章出于某种意图，使用的是化名，并省略了作品介绍)，但他没有过于惊讶和悲伤。回到家，他往浴缸里放水，然后收起行军床，一本记事本掉到了地上，他拿着它躺到浴缸里，这是一本采访手记，笔迹潦草，看上去像白茂的遗物，里面记载了奇奇怪怪的死亡，浴缸里的水很快凉了，他擦干身子，才看到浴缸的排水口有两只蟑螂的尸体，他点着了它们，一串乳白色的卵在火焰中爆炸，他感到恶心，用淋浴喷头又冲了一遍身子。他把记事本压在枕头下，关掉了灯，他重复做着一个噩梦，那是布鲁诺·舒尔茨编织的场景：他以那种多腿并用的复杂动作爬行着，那是一种古怪的仪式，他在模仿蟑螂的正步爬行动作。他想，再也见不到白茂了，可能也见不到秦茄了。两年后，钟离出版了小说《夜响》，故事的主线写的是，广场上的一台音响总在人们快熟睡时响起，音响的声音逐渐成了黑夜的一部分，小说由三十个片段组成，某些片段之间用到了互文的手法，某些片段独立成章，那些有情节联系的章节被打乱顺序，制造了迷宫般的效果。这本小说让他吃了一场官司，告他抄袭的是一个从未发表过文章的家伙。那个家伙自称曾将手稿寄给了钟离，并在法庭上指证哪些段落借用了他的文字。钟离说，他压根没收到过什么手稿，或者收到过，他也没工夫搭理多如牛毛的蠢货。这场闹剧般的官司以钟离的胜诉告终，他接受了几家媒体的采访，其中一名来自《文坛》的记者问他，诗人改行写小说是否都很糟糕，因为他们不屑于讲一个完整的故事，他用了一些晦涩的话将记者应付过去。几天后，秦茹就找上了门。那天是星期六，早上下了毛毛雨，下午雨才停，他去参加一个饭局，路上有很多警车，街上的人议论着发生在南方酒店的一起惨剧：姓米的三兄弟因为经济纠纷，在地下车库持刀搏斗，老三将老大和老二砍死后，冲着门口的保安说，没救了，在众目睽睽下，老三骑一辆摩托车离开。饭局上，他们也说到了这件事，有人说，警察在凶手的廉租房内又找到了一具尸体，此人吸毒过量而猝死。饭局结束后，钟离叫了一辆出租车，司机问他，有没有玩过甩刀，他说，没有，司机说，往大动脉刺去，一刀毙命，车玻璃上映着他和司机的影子，他想，司机一定害怕极了，下车后，他冷峻地告诉司机，比甩刀更可怕的是恶灵。他刚走进楼道，就看到了秦茹，秦茹蹲在那里，像是等了很久，她站起来，他发现她眼妆哭花了，进门后，她一下抱住了他，他不知所措，她说她想白茂了。这天晚上，他换着不同的姿势操她，他射了五次，没有再说一句话。他们睡到中午才起来，秦茹弄了些吃的，他们一边吃饭，一边笑，秦茹差点呛着了，钟离给她倒了杯水，她突然抬眼问他，知不知道白茂死了？他说，知道，白茂的记事本掉在了这里，如果你想要，我可以还给你。他想去找那本记事本，但是没找到。秦茹打开了电视，米老三被捕了，他在山林里待了一宿，早上下山讨食物，拿着一根狼牙棒闯进了一户农院，农夫说，他进来就自称是杀人犯，要酒和饭菜，他端着饭菜出去，说不连累他们，农夫的女婿偷偷报了警，警察赶来时，他已经喝下了大半瓶氰化钾。看完新闻，秦茹在钟离的书柜上找到了一部南斯拉夫电影，故事发生在二战时期，电影在一对游唱艺人的歌声中开场，他们搭乘一辆公共汽车开始了逃亡之旅，钟离看过这部电影，当这辆公共汽车从黄沙中驶来，他就想到了它在末尾的爆炸。屋子里灌了些风进来，钟离快睡着了，墙上的涂料开始脱落，家具在往下陷，他看到灰尘是紫色的，像无数只苍蝇，他听到有人叫他，声音忽远忽近。他睁开眼，秦茹正盯着他，她说，你陪我回去一趟。他骑上摩托车，她侧身坐在后面，手揽着他的腰，他扭紧了油门，她整个人都镶到了他背上，穿过宽敞的大道，钻进一条巷子，然后是一片菜市场，她住在菜市场的后面。秦茹让他在楼下等她，他坐在摩托车上抽烟，鱼贩在剖黄鳝，鳝头扔在街上，嘴巴一张一合，秦茹拿着一条红裙子下来，鱼贩望着她。骑了很远，他说，他们以为你在接生意，秦茹没有听到他的话，她让他往河堤去。他们在河边坐了一会儿，秦茹说，有一天晚上，我梦到白茂了，他说这条红裙子好看。钟离以为她在哭，后来他发现是风的声音，他吻了她，她问他要火机，她把那条裙子烧了，裙子飘了很远，挂在一株芦苇上，他站起来，她拉住他，要他在这里操她，她摸他的下巴和脖子，解开他的皮带，他看到芦苇丛在摇晃，裙子没了，只剩下芦苇。这天晚上到第二天清早，他们又做了三次爱，有一段间隙，钟离想起了米老三和白茂，他们都藏在芦苇丛里，又想起了那本关于死亡的记事本，里面摘抄了塞萨尔·巴略霍的一行诗（或许是他臆想的）——我们死去的双唇会将幽灵抚摸，我俩将睡在一个坟墓里，就像两个小兄弟。他狠狠地操了她第三次。秦茹问，那本记事本写了什么？钟离说，一些故事。秦茹问，故事里有我吗？钟离说，或许有。他们说了很多话，关于性爱技巧，关于鸡鸡的长度，关于体味，关于烟草和毒品，关于疾病，关于仇恨，关于武器的使用，关于诗和小说的长度，关于指甲盖与鬼魂，最后说回到白茂。钟离说，大学时候，我和白茂同时爱上一个女生，我给她写情书，他给她画画，我们都收到了回信，白茂就买了两把匕首，要我和他决斗，我们去了一条吊索桥，白茂说，胜利者负责把另一人的尸体掀到河里，我知道，他是真想刺死我，我不敢，我认输了，我们友好地握手，白茂让我随身带着匕首，毕业后，这个女生嫁给了上海佬，我出差时，在一家意式餐厅遇到她，她过得不好，那个上海佬喜欢揍她，她告诉我，她去堕胎了，她不想让孩子有一个狼狈的母亲，我们找了一间宾馆，在床上，她让我带她走，我说，我得想想，她哭了，回来后，我接到她的电话，听到她的声音，我就给挂断了，那把匕首也被我扔了，我想我一辈子也不会用到它。秦茹转身缩成一团，就像一片叶子。钟离知道秦茹会离开他，但他没想到会如此突然，他们在街上走着，秦茹说，要去上个厕所，他站在原地等，一直等到中午，他回到家，浑身乏力，勉强度过了这一天。接下来几天，他到秦茹住的地方守着，一无所获。有一天，他想到了死，想象像白茂一样从楼顶跳下去，拍在大街上，他甚至想到了死后获得的虚名以及秦茹的眼泪，他对死亡的着迷让他认清了自己的野心，他开始闷头改写那本记事本里的故事，他为它们增添了形容词，以使它们看上去更像文学作品，当他凭着记忆将所有故事都重新写了出来，他发现死亡和死亡的巧妙相似，他仿佛截获了死者和死者的密谋。写完那些故事的傍晚，他累得倒床昏睡，醒来已是另一个傍晚，他不知道睡了有多久，令他更难受的是，又一个黑夜即将来临，他睁着眼，盯着月光一寸寸照进来，又一寸寸退出去，楼下的部队开始操练，他沮丧地出门，他去了一所医院，在门口的长椅上坐着，一边吃早点，一边看着过往的面孔，这是焦躁而不安的一天，没有车祸、没有病危通知、没有医疗事故的一天，离开时，他想到了米什莱，他进入一个小教堂，那里臭气熏天，他深深地呼吸，尽力拉近他所惧怕的对象。他想，死亡是唯一能体会到神的静谧的时刻。他将故事作了细微的改动，命名《死亡诗篇》，书稿寄给了熟悉的编辑，那位编辑诚恳地回信说，故事透着一股被押赴刑场的绝望，一个月后又来信说，起印三千册，钟离请求在封面印上白茂的名字，那位编辑遗漏了这封信或者拒绝了他的请求。《死亡诗篇》出版三个月后被禁，被禁的原因是内容晦暗和错别字过多,他自知为编辑友人带去了麻烦,将稿酬悉数返还,然后一把火把底稿也烧掉了。他尝试过割腕和上吊,都因为恐惧而放弃,最后,他进了疯人院,医生问他怎么一个人来,他说自己疯了,医生问为什么,他说他正在考虑用什么方式了结生命,他在里面待了半年。出院后,他靠着曾经的积蓄过日子,昔日的老友又与他往来,他的记忆力急剧衰退,他认为是那些药物的副作用,见过他的人都说,那是一张灰绿色或者灰蓝色的脸。

㊦

秦茹最后一次见到钟离,他几乎认不出她了,他们在窗户边坐着,钟离拿着录音机,手腕挂了一串钥匙,录音机放的是一首流行曲,无论她问任何问题,他都点头或者摇头,秦茹也不说话了,看着他的影子,影子逐渐缩短,只剩一颗头颅,她听到钥匙像风铃一样抖动,她说,我要走了,他站起来,像是要送她,她走到门口,他念了一句诗,或者不是诗,而是一句脏话,她想,站在身后的是谁?门关上,录音机啪地一响,她听到他在里面说,今天来了个女人,很面熟。那会儿,一个有家室的医生正在追求她,她问他,人死后是什么味道?医生想也没想说,福尔马林的味道。医生带她回了家,她吵着口渴,去找水喝，他们什么都还没做，医生的太太就回来了，医生的太太骂她是娼妇，她们在屋里抓扯了几下，医生取下眼镜哭，她笑起来，边笑边往外走。她回到工作的超市，在库房的小床上过了夜，那天晚上她睡得很安静，几乎没做梦，也许是把做过的梦给忘了。醒来后，她给母亲打了一通电话，母亲在抽泣，她问母亲，人死后是什么样子？母亲顿了会儿说，就像嚼了一口干谷草，后来，她们为钱的事吵了起来，就在她要粗鲁地挂断电话时，母亲说，秦万宝从山西寄来了一封信，字不像他的。她想，他们一定早就知道秦万宝的消息，只有母亲蒙在鼓里。当天她从超市辞了职，结清工资，她就飞到了大同，在大同歇一宿，再坐五个小时的班车，才到秦万宝居住的地方。她站在村口，这里像是一片被劫掠过的土地，她在一位妇人的指引下，找到了秦万宝的家，他躺在摇椅上，很安详，她喊了一声，爸，他笑了，憋了多年的笑，她想，任何惩罚对他而言都是解脱。他说，你来了？他说，你妈还好么？她瞧着他，说，你过得挺舒坦。过了会儿，秦万宝的女人回来了，他介绍她们认识，她觉得那女人比她母亲更得体。她攒了一堆问题，一个也没问出口，也许是害怕她把秦万宝带走，女人反复说，秦万宝是她从矿里救出来的。黎明时，她听见秦万宝在狂叫，她走过去，秦万宝在地上打滚，女人抱着他，就像抱着一个婴儿，她说，我该走了，他们没听见，她想，她和秦万宝偶遇了两次，一次是在她的童年，另一次是现在。她乘火车回去，秦万宝和女人送她到了站台，火车动起来，秦万宝跟着跑，她不知道他跑了多远，天暗下来，她读到了一首叫《暮色》的诗：每一个名字都标志着，一种与众不同的经历，它们构成天堂和地狱。这首诗让她记起了一些事情，下车时，她把书扔在了车厢里。回去后，母亲找到她，母亲问她秦万宝过得怎么样？她说，秦万宝死了。母亲盯着她的嘴，盯着她的脖子，盯着她的鞋问，咋死的？她说，梅毒。母亲走出去，轻轻地关上了门。她想哭，她给医生打电话，医生假装不认识她，她说，人死后其实是烧荒草的味道，医生挂了她的电话。她在报纸中缝登了一则寻人启事，描述了秦万宝走失的过程，印了一张秦万宝的黑白照片，没过多久，她就接到一个男人的电话，那个男人问她，父亲找到了吗？她说没有。这个男人每隔几天就会给她打一次电话。半年后，她在酒吧找到一份工作，开始是做服务生，后来陪酒，也接客，有一次，老鸨让她侍候一个醉了酒的客人，客人亲她时，她一口咬住了他的上唇，客人撕心裂肺地叫唤，扬言会要了她的命。晚上，男人又打来电话，她把白天发生的事情告诉了他，男人问了她上班的地点，让她第二天在远处看着，整夜她都在做着关于白茂的片段式的梦，她梦见白茂用一条像象鼻一样的鸡鸡日她，她梦见白茂站在天台上，她一把将他推下去，她梦见白茂的匕首刺进钟离的胸膛。第二天，那个被咬伤了上唇的客人果然带了一帮人到酒吧门口闹事，他们朝里面扔石头和汽油瓶，她躲到街对面的商场里报了警，大约过了十分钟，警察才赶过来，正当警察要铐住这帮人时，她听到了枪声，中枪的人在地上挣扎了一会儿就没了动静，她以为是警察开的枪，后来她发现警察拔出枪扫视，她从商场冲了出去，街上的人都在跑，不知道哪一个才是他，她拨了他的电话，他没有接。她再也没去那家酒吧上班，有些时候，她会平白无故地听到一声长长的哀叹，她怀疑白茂没有死，那个在暗处开枪的人就是他。她向医生讨了一笔钱，开了一个早餐铺，生意渐渐好起来，男人出现的那个上午，铺子里挤满了顾客，他等着他们一个个离开，才走过去问她，父亲找到了么？她关上门，和他走了出去，她没有问他是谁以及要带她去哪里。

杂种春天

我讨厌春天，所有的春天都得在告别和等待中度过，用我父亲的话说，春天就像个杂种。

他就是在某个春天让人打断了一条腿，他在公社医院上班，一伙二流子在宿舍的走廊截住了他，那条走廊很黑，他还没看清他们的长相，就挨了一棍子，母亲听到他的叫唤后，拿了一把菜刀冲出去，我跟在母亲后面，他倒在地上，抱着膝盖，母亲没有去追那伙人，而是蹲在他旁边哭，那是我第一次感受到羞愧，为我的父母感到羞愧，有人告诉他，他是被误打的，他不明不白地赔了一条腿，后来又因为这条腿，赔了女人。

如果有人在我面前歌颂春天，我会朝他脸上吐一口浓痰。一年四季都有死亡发生，然而我认识的很多人都死于春天，春天的开始或者结尾。在很多个春天，我靠在窗台上，想翻出去，摔成一堆肉泥，如果跳下去，会有人记得我吗？没有人愿意记起在春天死去的人，因为春天必须是美好的。

赌博是最好的逃避方式，可是我在春天总是输钱，半夜就输个精光，靠借债熬到清晨，又一觉睡到傍晚，再换一家麻将馆妄想翻梢，我欠下的债需要我不吃不喝工作一整年才能偿还，然而，我失去了工作，要么去学一套卑鄙的千术，要么逃债，这两种方式我都尝试过，那些老套的千术还没使出手，别人就投来警惕的目光，另外，不管我搬到多么偏僻的市郊，债主总能在三天之内找到我，砸我的窗户，往我的锁芯里灌强力胶，赌徒只能虔诚地等待转运。

春天快要结束的时候，我收到了一笔稿费，用它买了一张地下彩票，这是一种类似谜语的玩法，庄家给出谜面，我要从三十二个选项中选出一个，实际上任何一个选项作为谜底都说得通，我瞎蒙了一个，押上了所有的稿费。

我回去收拾行李，打算离开这里，有人敲门，我不敢答应，门外静了一会儿，那个人说，他是毛航，他知道我在屋子里。我把门打开，觉得喉咙很堵，说不出话。我认识他比他认识我要早，他写过一些受到好评的小说，他在诗刊做编辑时认识了我，他相信我的诗能让我过上光鲜的生活。有一段时间，我也这么认为。他没有进门，他说，我家里人联系不上我，他也联系不上，他不知道我搬了家，他想尽办法找我，因为他要告诉我一个坏消息，我父亲去世了。他压根儿不想跨进我杂乱的屋子，我把我的座机号码告诉了他。

他走了，我把门掩上，开始回想最后一次和父亲分别是什么时候。

大概是在养老院，他头上长了一块疮，后来流脓，到医院检查时已经是淋巴癌了，我没有告诉他，我也没钱让他接受化疗，我希望他静悄悄地死，天气回暖，那块疮让他痒得难受，他把头埋到盥洗池里。我说，我得走了。他偏过头瞧了我一眼。

我用座机拨给养老院，拨错了六次，第七次等了很久，一个男人接了电话，我听出是养老院的院长。我问他，我父亲是怎么死的？他反应了几秒，捂住话筒，告诉旁边人，电话这头是我。他让我赶紧过去。我又问他，到底是怎么死的？他说，是上吊。我挂了电话。电话抽风似的响，我干脆把线拔了，我不想知道他为什么要自杀，我不想知道母亲是否在他身边，我也不想知道是谁给他操办葬礼。我瘫软在地上，这就是最糟糕的时刻了，就快结束了，该死的春天。

赌博又一次挽救了我，我中奖了，只有三个人猜对了谜底，庄家抽了五个点的提成，这笔钱仍比我以往赢的总和还要多。我拿到奖金，还了大部分赌债，剩下的我不打算立即还，我得留些钱，今后的几个月才不至于过得太窘迫。

当天晚上，我梦到了父亲，他一瘸一拐地走到我身旁，说，这下有钱给他治病了。我爬起来，锁上门和窗，用棉花堵住耳朵。

第二天，我坐出租车去了养老院。下车后，我让司机在原地等我。我站在铁门外，看到父亲的房间被锁上了，有个痴呆症老头坐着遥控轮椅朝我过来，我们隔着铁门对视了一会儿，他认出了我，他问我，是不是朱云安的儿子，我说是，他哭起来，他说："你终于来了。"他说："朱云安想你。"院子里的另一些人看向我。他让我带他走，他不想死在这里。院长走出了办公室，他在打电话。我回到出租车上，他们追过来，我让司机赶紧开车，我往回看了一眼，那个痴呆老头还在哭。司机问我发生什么了？我说，我给轮椅上的老头喂了一颗药，司机看了我一眼，他不相信我说的话，我说，我父亲上吊了，就在这里，我是否应该悲伤一些，他说，他早就没了父亲，我们一路不再说话，直到下车时，他才冷不丁甩了一句："我会记住你，如果那个老头死了，你就等着进牢房。"

我当时想，如果真有什么事情值得悲伤，那就是他们在埋葬我父亲时，也把我身体的某个部分埋葬了。我发誓再也不赌钱，这样我就有足够的时间去交朋友和写诗，我已经有太长时间没有交过新的朋友，哪怕是个患了痴呆症的朋友，我陷入一种困局，生活越是糟糕，越是沉醉其中，毁坏自己要比毁坏世界更刺激，我也写不出像样的作品，它们仿佛也在远离我。我把书桌上的书推到地上，努力接近我读过的伟大作品的时代，坐了一宿，只写出一行话：战争仍未到来。但我相信好运和灵感会同时找上门。

我开始试着到咖啡馆创作，在这里，要找到一间价格便宜而且能寻觅到女人的咖啡馆，要比二十世纪初的巴黎困难许多，最后我选择了动物园附近的驻地咖啡馆，只需要乘坐公交车，再步行几分钟就能到达。

咖啡馆的老板可能是个马奈迷，墙上挂了马奈各个时期作品的复制品，最显眼的位置是《死亡的斗牛士》和《内战》，这是不太吉利的两幅画。马奈沉重而阴郁的画风吸引了不少有特殊癖好的顾客，例如喜欢在黑咖啡里加生鸡蛋和炼乳的大胡子，以及故意敲掉门牙的涂鸦师，还有一个威胁要把这里改造成武器跳蚤市场的摇滚客。

这里最吸引我的是咖啡馆的女老板，她叫饶秋晨，胸不大，但是屁股很翘，内裤里像是塞了不少海绵，这让男人有很强的征服欲望，需要一根足够长的阴茎，才能搂着她的屁股操她。她有很多丝袜，每天都穿不同的颜色，有时候我修改几个字的工夫，她又换了一条，我甚至怀疑她在大白天与缺了门牙的涂鸦师在厕所做爱。有一次，我偷听到她和其他人的谈话，她说这家店以前是一个意大利男人在经营，他是个版权商，把一些敏感的书带到欧洲出版，销路都不错，后来他被禁止入境。她把这家店盘了下来，墙上的画是意大利人挂上去的，她不觉得难看，也就保留了它们。她说完点了一支烟，独自到门外站了一会儿。

咖啡馆里有一台四十三寸的电视，有重要球赛的时候，这里才会卖洋酒，我在这里看了一场奥运会预选赛，日本对阵香港，本田圭佑打进一粒漂亮的任意球后，四周都在欢呼，来看球的人一半以上是参与赌球的，此后，我总是躲着球赛过去。

没有球赛的日子，我几乎每天都到咖啡馆待着，像我一样的顾客有很多，女老板并不会因此记住我，这反倒让我感到很舒适。刚开始，我会被邻桌的谈话打断思路，每天只能写一些片言片语，再把一周的内容凑到一起，又觉得生硬，便舍弃了。后来我每天都写一首短诗，再后来两天写一篇稍长的作品，最后我基本能保证每天写一首三十行以上的诗，我把它们当作训练，我希望写出一部组诗，能够独立出版的那种。我从短诗中选出一些较好的投到杂志社，能换来几十块钱的稿费，这样算下来，我当天的咖啡和点心相当于用一首诗来付费。

一直到赤膊的天气到来，我才在这里认识了一个女人，那天大概是周末，咖啡馆的生意很火爆，那个女人没有位置坐，服务员安排她和我拼桌，我无法自顾自地低头写作，于是关上笔记本。我们都抬头看着电视，画面讲述的是一群黑人运动员的奋斗经历，那段时间电视上全是备战奥运的新闻，我的脑袋仰得难受，就低下来瞥了她一眼，发现她在观察我，我们的目光交织后，她又躲开了。我想，这是一个搭讪的好时机，就问她，在等人么？她说，是。她问我在笔记本上写着什么？我说，只是一些账目。她问我："常来这里么？"我说："近段时间常来。"她问："你知道这家店以前是意大利佬在经营？"我撒谎说:“不知道。”她说:“那意大利佬是我们的朋友。”她来了兴致。她说:“我们都知道意大利佬是双性恋,可她不知道。所以他追到她后,我们都等着看好戏。有一次,意大利佬带着她来参加聚会,我们故意捉弄意大利佬,就把他以前的男伴叫来了。我们灌他们仨的酒,那个男伴喝高以后,扇了饶秋晨一耳光,她吓蒙了,没有人敢说话,意大利佬摇摇晃晃地站起来说,撅草根儿抽长短,谁长谁先操。除了饶秋晨,所有人都笑趴了。”

我看到饶秋晨挂了电话。

“那件事以后,他们分开了一段时间,后来又好上了,据说是意大利佬跟她发誓,只爱她一个人。”

“最后意大利佬还是离开她了?”

“是因为艾滋病,他检查出艾滋病被驱逐回国了。”

我倒吸一口凉气,她在嘲笑我,所以我不知道她说的哪些是真。她有些疲倦了,而我又无话可说,就借口要先走。当时,她没告诉我她的名字,或许是我忘了,我不知道她有没有等到要等的人,也不知道她要等的人是谁。

饶秋晨依然换着不同的丝袜,偶尔跟我点一下头,但不会停下来和我说话,这里招聘了几个新的服务生,也许咖啡师也换了,咖啡的口味变得更淡了,有一些附近公司的白领也过来工作和休息,他们挤压了大胡子、涂鸦师和摇滚客的空间,咖啡馆划成两块，一块是阳光能照到的大厅，一块是阳光照不到的角落，那些奇怪的人坐在角落，就像他们的事业一样阴暗，我属于他们的一分子。

这里从早待到晚的固定客人有十几个人，流动的客人得有上百人，饶秋晨欣喜看到这样的变化，有一次她甚至嘱咐服务生把《死亡的斗牛士》和《内战》取下来，但是这两幅画取下后，墙上留下了两大块白斑，她又让服务生重新挂上去。

如果她决定取下马奈，也许有一天她也会赶走我们这帮人，没有我们和马奈，咖啡馆的生意会变得更好。然而我没有觉得咖啡馆因此变得正常，我经常回想起那个女人说的那些事情，大厅里的人在交谈，他们谈论股票和外汇，谈论新闻和上司的情妇，有时严肃，有时大笑，只有我看到附着在天花板上的艾滋病毒落到他们身上。

在驻地咖啡馆，我再也写不出东西，纯然是为了等那个女人，有好几次，我想主动去跟饶秋晨套近乎，让她告诉我那个女人的名字或电话，但我没有这么做，她不认识我，即使她认识我，我也会害臊。

进入九月，接连下了几场暴雨，雷声半夜里把我吵醒，电路跳闸了，我爬起来，推开窗户，让风吹进房间。墙上的钟和挂件被吹落，杯子翻倒在地，有一群人在暴雨里奔走，他们没有互相催促或者打闹，每当有闪电划过，我都以为会有一个人被击中，凌晨三点，凌晨四点，我站累了，就盘腿坐下，我想看到这世界是怎样完蛋的。

早上，雨停了，除了水凼和倒在地上的树枝，狂暴的夜晚没有留下多余的罪证，我看到报纸才知道，由于排水系统陈旧老化，一些路段积水严重，有几辆车被困在下穿隧道，车子熄火，他们报了警，在车里等待救援，后来，他们想弃车逃命，那时，他们已经推不开车门了。有几块下水井盖被冲走，倒霉蛋踩下去，一脚落空，他双手卡在井口，坚持了有半个小时或者一个小时，凶猛的水流攥住他，他终于放弃了，与那些垃圾和狗屎一起，被吸进城市的窟窿。

整座城市都弥漫着一股腥气，我穿梭在这股腥气里，坐上公交车，走到驻地咖啡馆，咖啡馆关着大门，停业一天。我想到了一些不太好的事情。第二天和第三天，它仍旧关着门，第四天，有几个记者来这里拍照，饶秋晨的名字将出现在下穿隧道遇难者名单中。

有好几天，我都不敢用水龙头里放出的水洗澡和煮饭，我更惋惜的是驻地咖啡馆，它彻底关门了。

在我不知所措的时候，又是毛航打来了电话，他问我，父亲的后事处理完了么？我说，我父亲的骨灰都发霉了。他笑了一下，又问，周末有没有空？我说，我已经失业半年多了，我随时都是个闲人。他说，他或许能帮我找到一份工作。

毛航的家离我有十几站路的距离，我随身带了本布尔加科夫的《狗心》，这本书是毛航多年前赠给我的，老苏联的作品总是很啰唆，无论长篇还是短篇，就像他们秃秃噜噜的口音，直到读了三分之一，才发现我读过这本书，我把布尔加科夫留在了车上，不想让毛航看到我还在读他几年前送我的书。

我被拦在了小区门口，门卫给毛航打了一通电话，才放我进去。我在楼下吸了一支烟，吸烟的手有些发抖，我很紧张，但又找不到紧张的原因。

他住在七楼，我没有坐电梯，我从狭窄的楼梯走上去，站到他门口的时候，累得直喘。门大敞着，我在门外喊他，没有回音，我走进去，客厅铺了波斯风格的地毯，茶几和沙发是东南亚的水曲柳，背墙是一面齐顶的书架，一扇中式玄关隔开了客厅和饭厅，饭厅摆了美式餐桌和酒柜，还有一台国产冰箱。

我刚走到书墙前，毛航就回来了，他说他下楼接我去了，他说："你来早了。"我看看表，比我们约定的时间早了半小时，我说："我担心找不着。"他让我看会儿书，自己到厨房忙开了。他的书码得密实且整齐，似乎抽出一本，整面书墙都会垮掉，我浏览了一遍书脊，他没有按学科或者国度分类，而是以书名的长短分类，四个字和五个字的占了多数，顶层一排只有寥寥数本，我很想搬来梯子爬上去瞧一眼。

有人在叫毛航，我回过头，看到了那个女人，就是在驻地咖啡馆遇到的女人。她化了妆，比我第一次见她时漂亮。

我说："你怎么来了？"

毛航说："你们见过？"

我问："在驻地咖啡馆，你等的人是毛航？"

她说："我是毛航的未婚妻。"

毛航说："她叫蒋彩艳。"

她似乎因为这个名字有些俗气而害羞。

我说："饶秋晨死了。"

她说："是的，咖啡馆也关门了。"

我们坐到沙发上，毛航走回厨房。

她说："毛航说你是个诗人，他认为你写得不错。"

我问："那你呢？"

她没有回答，我想起了她在咖啡馆跟我说的那些话，一想到毛航用那张臭嘴吻她，我心里就很难受，她转身从书架上取下一本书，心不在焉地翻着。后来又进来一对客人，是夫妻，我们尴尬地打了招呼，蒋彩艳没有理他们。

毛航的菜都准备好了，最后一位客人才上门，她扎了一条马尾，亮出宽阔的额头，打了一个鼻环和六枚耳钉，后脖文了一支小衣架，脖子比手臂白，穿的是白色圆领T恤，里面是深色内衣，下身是一条做旧的牛仔裤。

毛航说："这是张欢。"这时，毛航才郑重地介绍我，毛航说："你们应该认识。"我没听过她的名字，她却说读过我写的东西。我们挪到了那张美式餐桌，毛航和蒋彩艳对坐上方和下方，我和张欢坐一边。

毛航启开一瓶洋葱葡萄酒。饭桌的氛围刚开始很轻松，毛航说他想出一本集子，将风格相似的诗编排到一起，呼应一九八六年的诗歌大展。张欢喝不惯这个酒，只喝了一口就倒进我的杯子。毛航和那对夫妻喝得很猛，男的说起他在科索沃的经历，他说到了北约的石墨炸弹、军人奸尸以及子弹打进他的大腿，张欢听得很入神。我喝得过量了，昏昏沉沉地听到他们扯了很远，最后说到了饶秋晨和意大利佬，不知道是毛航还是蒋彩艳说了一句，应该学会面对死亡，算是这场饭局的结束语。从头到尾，张欢只说了一句："你们都喝高了。"

我模糊地记得，出来后，我走反了方向，离家越来越远，我吐了，有几辆出租车从我身边疾驰而过，他们不愿停下来，我突然清醒过来，掏出手绢，擦净下巴的呕吐物，我站在一个陌生的地方想到，我没有亲人了，我父亲死了，他的骨灰都发霉了。

我买了一部手机，用来和毛航联系。毛航选了我六首诗，付了四千块钱，没有版权，这是我写诗以来，收到的最多的一笔稿费，后来我听说，这也是毛航为这本集子支付的最多的一笔稿费。

集子定稿，我才看到，毛航把我和张欢放到了一起，另外还有三位诗人，他把我们定为剥离主义，意思是从非诗意的日常中剥离出诗意。有一位诗人写一坨屎，写人类器官的美妙，食物经过咀嚼消化分解，最终从肛门排泄出来，整个过程如果颠倒过来，人类就只能掰开屁股亲吻了。还有一首写快要退休的铁道维修工，最后一次用铁锤敲打铁轨，声音传到一千五百公里外，惊跑一只驻足的羚羊。张欢喜欢在同一首诗里写两个不同的意象，例如一块腊肉与一块墓碑，腊肉一尺长，墓碑三尺高，吃腊肉听不到猪叫，站在墓前不见墓中人。后来，我见到张欢的尸体，才体会到这首诗蕴含的哀伤。

这本诗集付印那天，张欢始终站在我身旁，有几次，我不小心撞到她，她没有躲，印厂里刺鼻的味道和她的洗发水与香水的味道混在一起，让我的下体很难受。离开时，毛航建议我也可以写写小说，毕竟我现在没有工作了。

我走出印厂，走得很慢，张欢跑上来，她一路跟着我，有时走在我前面，有时走在我后面，我约她去看展览，我们坐上公交车，我不敢猜想会发生什么，也不敢同她说话。

这是一场古罗马雕塑展，她在刻有哲学家和缪斯女神的石棺前站了许久，我站在她身后，光线很暗，整座展馆都凝固了，我们像是被摁在石棺上，我肩扛粮袋，她戴着面纱，这微不足道的一幕将成为我的一场又一场噩梦，每次惊醒时，我都感到，我们仍站在原地，后来我用一块黑纱遮住她的脸，不是为了让她死得体面，而是为了让她更像石棺上的一块浮雕。

走出展厅，我问她平时在什么地方工作，她说，服装店。我问她有没有偷过店里的东西，她说没有，过了一会儿，她改口说，偷过，她说，店里少了东西，都是导购员平摊，有段时间，刚到的新货总是莫名其妙地被盗，店长挨个盘问，没有查出内鬼，她发现，尽管门店和仓库都有摄像头，但换衣间没有，那是唯一的盲区。

我们去了一家川菜馆。我问她有多大，她反问我她看起来像多大，我说二十六七，她说差不多吧，我问她有没有交过男友，她说交过，她问我是哪一年的，我说七四年，她说，和她猜的一样。我跟她聊到写作，她兴致不高，我问她是否介意上我家，她说介意，我们起身，她扶着椅子蹲下去，店员上来问我需不需要帮忙，我说不需要，她只是醉了。

我把她带回去，放到床上，摸她的乳房和大腿，手指伸到她的内裤里，她的阴毛很旺盛，我埋到她的两腿间，用舌头去舔她的阴蒂，我从没见过这样冰冷的阴道，像一口幽深的洞窟，我朝那里吐了几口唾沫，握着生殖器往里戳，就像在戳一具尸体，我想，我真够倒霉的，我睡到旁边，有时候翻身压住她，有时候离她很远，而她始终蜷缩着身子，一动不动。

第二天，她很平静，我跟她解释，她喝高了，我把她弄上车，她抱着我吻个不停，然后我们就上床了。

我们约好下次见面的时间，她就走了。我像突然又中了一张彩票。

这一切绝不是幻想。后来，我们顺理成章地在很多地方做爱，宾馆、废弃的公园、她工作的地方（服装店的换衣间），要么我给她打电话，要么她给我打，有时候一周两次，有时候一周三次，为了省钱，我们尽量不去宾馆，她的身体时好时坏，我曾努力回忆，我们在做爱时的对话，但是我记不起来，连她的呻吟也记不起来，如同每次做爱一样，在二〇〇七年的秋天和冬天，她留给我的印象就是一尊裸体雕塑。

南方的冬季和秋季交融在一起，侵蚀漫漫夏季。我重新租了一套带空调的房子（这套房子更大些，还有一间多余的卧室，被我改成了书房），为了债主找不到我，也为了迎接寒潮的到来。

这个季节是写作的最佳时机，没有蚊虫和汗水的困扰，我写出了第一篇小说，那是我做过的一个荒诞的梦，写的是两个男人爱上了一个女人，他们谁也没有办法单独占有这个女人，三个人决定用轮盘手枪来决定命运，结果子弹穿过了女人的太阳穴。小说写完后，立马就发表在了毛航组稿的一本杂志上。

二〇〇八年的元旦，我让张欢来和我过。那阵子，她不知从哪里搞到一服中药，熬好后，用药水冲洗身子，她的病症没有缓解，至少暂时没有。给她冲洗后，我自己也洗了个澡，刚跨出浴室，就听到她在卧室里和什么人说话，我听不清她说的什么，推门进去，她正撩开上衣，颤抖着在裸露的肌肤上写诗，一边写，一边念，每首都是用器官命名。那股残留在她皮肤上的味道和那些字，像一朵玫瑰上长出的干枯的刺。那一刻，我很想和她成为夫妻，我的愿景太过美好。我们在窗边接吻做爱，烟花一串串爆开。

为了打发高潮后无聊的时间，张欢趴在我的床上，捧着杂志读完了我的第一篇小说。

我问她，如果女人知道枪膛里有子弹，她会射向谁？

她说，她还有一个男人。

这是我们成为性伴侣后，我能清晰记起的她的第一句话。

我掀开被子，让她走，她说她正打算和那个男人分手，我坚持让她走。她下楼后，我关掉灯，气温在零度以下，我站到窗口，已经看不到她了，窗外是鹅毛大雪。

南中国迎来了一场罕见的冰冻灾害，我没有钱让空调一直开着，就在书桌下面放一只大木盆，成天把脚泡在热水里，修改写了大半年的长诗。每次修改后，我都将此前的版本烧掉。最后，放在我面前的是一本前言不搭后语的怪物。

被我毁了的，还有我的双脚，它们浮肿得厉害，我忍着严寒和疼痛去医院检查。医生吓唬我，再泡一个星期，他就只能锯掉我的双脚了，他给我敷了药，安排了一间病房，让我待了一个星期。

我没法自己走回去，医生让我叫个亲属来，我给毛航打电话，他说他在上海，我只能让张欢过来接我，她去把账结了，医生又嘱咐她买了一副拐杖，走出医院，我就把拐杖扔了，她问我为什么，我说我讨厌拐杖，她吃力地把我架上车，送我回家。

我们没有提之前的争吵，她来月经了，我们躺在床上，她突然笑起来，我也笑，像一对神经病。她帮我手淫，我揉她的乳房，隔着卫生巾抠她的阴部，我没忍住，射到了被子上，她说她快憋死了，起身把窗户开了一条缝。

她见到我的床头柜摆着乱糟糟的手稿，我说我把辛苦写了一年的作品改得像狗屎一样。我的脚又开始疼，她帮我拆开纱布，换了一次药，用手抚我的小腿，我的鸡巴蔫耷耷地望着她。我给她讲我父亲的故事，讲他是如何被人打瘸腿的，讲着讲着，她睡着了。

空调吱啦啦地抵御着寒风，外面一准又在下雪，我想起读过的一篇小说，句子队列般走过我的眼皮，我死活想不起它的标题，句子队列般跑过我的眼皮，可是我一句也抓不住。

张欢每天中午过来，扶我去拉屎拉尿，给我做饭，傍晚离开。我们只做了一次爱，没有戴套子。

毛航从上海回来的第二天，就和蒋彩艳一起过来看我，他问我是怎么回事，我不好意思说是因为泡脚，只说没有大碍，能下床走路了。毛航问我，这段时间有没有见到张欢，我犹豫了一下说没有。毛航说他有事要找张欢。我问，很重要的事情么？他不愿意讲。蒋彩艳指着床头柜上的手稿问我："是你写的么？"我说："本来是，现在不是了。"她轻蔑地笑。毛航拿过去，他说他看看再还我。

他们要走了。我赶紧告诉毛航，我没钱了。毛航注视了我几秒，说："那本诗集亏了，没有人读诗。"蒋彩艳说，她认识一个叫查海生的诗人，比我穷，但比我写得好。这女人有着怪诞和可憎的一面。毛航说，如果我付不起房租，他可以借我一些。

有人敲门。门没锁，张欢来了，比往天来得早。

我想收回说出的每一句话。张欢像犯了错一样，看我，又看毛航和蒋彩艳。毛航走过去，把她拉到书房。我在脑海里排演他们的对话。蒋彩艳问我："你爱上她了？"我坚决不再多说一个字。她还说了很多，我一句没听进去，我想起她在咖啡馆说的那些话，想起他们捉弄意大利佬，想起艾滋病，想起饶秋晨。

毛航给我留了一笔钱，他说，那首长诗他会节选刊发的，这笔钱算是稿费。

毛航和蒋彩艳走后，我说："他连看都没看。"

张欢说："我不该这时候来。"

我问："毛航找你有事？"

张欢点头。

“什么事?”

她哭起来,哭得很伤心。我一手撑着床,一手把她揽到怀里。她趁我睡着后才离开。

当天晚上,我梦见我坐在警车里,我意识到在做梦,便一次又一次暗示梦里的自己,是政治迫害或者其他什么正义的理由,警车突然停下来,是张欢拦在了路中央,毛航把她往旁边拉,她在质问警察,凭什么抓我,他们不可以这么做,她说这个话时,是愤怒且悲凉的,这太滑稽了,我清楚地知道我被捕的理由。

房东来收了房租,我只剩下三百块,张欢回老家前又塞给我五百,这八百块钱就是我的全部家底。农历春节前,他们都走了,只有我留守在这里,而且无事可做。

大年初一,我被救护车警笛吵醒,我的门外是嘈杂的脚步声和低语,有一会儿,我误以为是自己出事了,我去开门,看到担架上躺着邻居,我问一旁的护士出什么事了,护士说,一氧化碳中毒,可能没救了。这只是开始,杂种春天又来了。晚上,我给张欢打电话,她接起来,又断了,过了一会儿重新打过来,她说她初八回来,让我在家修改作品,我说我的手稿被毛航拿走了,她说她那边信号很弱,我挂了电话。

初四,毛航回来,他把手稿还给了我,他说,发不了,他建议我拿去参加台湾或者香港的文学奖,也许新加坡和马来西亚也有一些奖可以参加，他可以转交，但我最好是给他一份电子稿，我说，我还想再改改。他看出我的敌意，向我讨酒喝，我找出两瓶劣质白酒，我酒量不好，勾兑了半杯白开水。他问我和张欢的关系，我如实告诉他，他说，我不该和她上床，至少现在不应该。我没有反驳他。他有几分醉意，说话越来越慢，他说，他都快忘记年轻的滋味了，他还没有女人的时候（他是指没有和女人上过床），他们睡在广场上，他从十二点睡到四点，他被叫醒了，轮到他守夜，他走出通铺，盘腿坐到地上，他很困，强睁着眼，昏黄的灯光下，他看到了另一双睁着的眼睛，第二夜，他值守前半夜，他们一直盯着对方，替换他的同学醒来，他没有走回自己的位置，他睡到男生和女生的边界，侧过身，正对着那双眼睛，他们就这么看着对方，突然间，所有人都开始跑，他也拉着那双眼睛跑……我们点了一支烟。他和她被劝退学，那真是地狱般的日子，她说她会梦到她的阴道被戳穿，他让她写下来，把所有的操蛋的事情都写下来，她就写，写她和骆一禾的爱情，写海子的死，写骆一禾犯了脑溢血，写骆一禾没有抢救过来，写诗歌被另一种血色苍白的人，深深地嫉恨，向诗歌深深地复仇，写她看到一双骆一禾的眼睛，写她把舌头伸到骆一禾的耳朵里。他拿到了一笔本金，带着她到南方看病，也顺带从香港走私彩电和手表到内地，最后他发了，而她的病情不稳定，邮局时常会退回一些信，是她寄给骆一禾的，信的内容他没有看过，一封都没有看过，哪怕这个习惯她已经保持了十几年。他问我，他看上去是不是像个可怜鬼？我引他去卫生间，他一手抱住马桶，一手挤压自己的胃，我给了他一杯盐水，然后教他用手指抠舌根，他的整双手都快伸进去了，唾液从鼻孔里流出来，我把他扶回客厅，我想他肯定是酒精中毒了。我问他用不用叫医生来，我开玩笑说，他们前两天刚来过，把邻居抬走了。他说，不用，他的声音很小，“你不该和她上床。”我不停和他说话，我问他，蒋彩艳上哪儿去了？他说，年前就走丢了，不过，过几天又会回来，她经常这样。他突然吐出一堆带血丝的黄色黏稠的东西，吐到了沙发上，他抱歉地看着我，我说：“没关系，我会收拾的。”他说：“我该走了。”我问他能不能找到家，他说：“现在感觉好多了。”我没有再留他。我先用报纸包裹那堆污物，再用毛巾擦，最后洒了些香水，气味更难闻了，我推开窗户，躲到书房修改毛航还回来的手稿，凭着记忆，我把一些删掉的内容又补回去，重读一遍，它像是一部新的作品。毛航打来电话，他说他到家了，他再次表示抱歉，我让他好好休息，他又说，蒋彩艳也回来了。晚上，我睡不着，胃在烧痛，然后心脏和肝也开始疼，我想，我不能就这么屈辱地死掉，我应该去找一份工作，守工地、洗盘子，我还可以刷墙，什么都不用想，把一堵墙涂完就行了，我应该向张欢要钱，她去管毛航要。我父亲如果给我留下一笔遗产就好了。

初七，张欢提前回来了，她没有来我这里，只是给我打了个电话，她说她想和我结婚，但不是现在。我说我想买台电脑，能打字就成，她说我得出去挣钱，我说就怕在找到工作前，我已经饿死了。

张欢给我搬来了一台电脑，又叫人牵上网线。她给了我一笔生活费，让我省着花。我问她这钱是谁的？她说，是她自己挣的。

我把手稿上的内容敲进电脑，在网上找到一份编辑邮箱大全，再将文稿里的敏感词删除，挨个投过去。过了几天，我就收到了回信，但都是一些出钱才能上稿的野鸡杂志。

三月下旬，张欢没以前来得频繁了。她不跟我谈文学的话题，她就像生活在一个隔绝的空间里，有时候我想，她没有读过一本像样的书，生下来就会写诗。她也不再提和我结婚的事，我知道，她在纠结，这没有使得我对她的爱有丝毫衰减。

毛航把驻地咖啡馆盘了下来。我陪他开车去看场地，在空空的咖啡馆里，我跟他讲了我在咖啡馆遇到的几个怪人，我问他，意大利佬是不是还活着，他说，意大利佬去了日本，日本文学更受西方市场的青睐，我想，意大利佬骗了饶秋晨，也可能是蒋彩艳骗了我，我们抽完烟，毛航说，很快我就能拿到一笔奖金，他把我的诗稿转交给了台湾一项华语诗歌新人奖，我们上车，他说："我是终选评委之一。"我心底升起一阵复杂的情绪，我们没有再说话。

四月一日，驻地咖啡馆重新开业，毛航和蒋彩艳打扮得像一对新郎和新娘，宾客中不乏有头有脸的人物，我和其中一些人有过一面之缘，但我们都装作不认识对方。

蒋彩艳走过来，她说，又见面了。我说，是啊。她说，她很早就想开一间咖啡馆。毛航在接待另一个人。蒋彩艳说："饶秋晨刚死那会儿，我就让毛航把这家店盘下来，他不肯，那会儿价格还便宜些。"蒋彩艳还是很美，她穿了一件半透明的白衬衣，扣子解到第三颗。我问她："还记得我们第一次见面时，聊到的那个意大利佬吗？"我提醒她："双性恋，艾滋病。"她顿了几秒说："意大利人在日本。"

她丢下我，走回毛航身边，风很大，她好像随时会被吹走。

毛航叫我先进去，我走到咖啡馆里，桌子摆布没变，墙被粉刷过，晦气的马奈终于被取下来了。我最熟悉的位置被别人占了，我就近坐下。过了没多久，那对夫妻就到了，他们和我坐到了一桌，毛航和其他人聊了几句，也过来了。

毛航和那对夫妻商量，应该组织一趟远行，让我也加入进去，我答应了，但不知道能否在出门前，拿到足够的稿费或者奖金。毛航建议去越南的美奈，他说，身前是海，背后是沙漠。蒋彩艳冷不丁说了句，还得叫上张欢。我们都接不上话。过了一会儿，毛航起身去了其他位子。

很多人只是来走个过场，不到十二点，咖啡馆就只剩四桌人。我们在咖啡馆吃了西餐。毛航撤掉了几张桌子，在靠里的位置摆了一张台球桌，吃过饭，我和毛航在那里打黑八，蒋彩艳捧一本贝娄的小说在旁边看，毛航说他以前常打斯诺克，开场两局，我惊险地赢了他，后来，他越打越顺，他击球很轻，也很准，有一次甚至一杆清台，我投杆求饶，把球杆让给了其他人。我要了一杯调酒，坐在那里胡思乱想，我给张欢发了好几条信息，她都没回我。毛航俯身击球，他盯了我一眼，白球飞出台面，差点打到我，他们都转过头来看我。

晚餐时，张欢来了，毛航迎上去，那对夫妻站起来，蒋彩艳仍在看她那本贝娄，我不知道该表现什么样的姿态，就坐在原地。

我不知道我是如何熬过那个可怕的傍晚的，毛航若无其事地与张欢聊着，与那对夫妻聊着，蒋彩艳一直低着头，看一本永远也看不完的书。

很多时候，我看到他们的嘴在动，但听不到他们的声音，他们构成了一个坚固的整体，我找不到漏洞可以侵入他们，我想，我应该趴在桌上睡过去。

过了很久，那对夫妻才走。毛航说："时间不早了，要不我送你们回去？"我和张欢都说不用。临走前，毛航拍了下我的肩膀。

我走出咖啡馆，张欢跟在后面，就像半年前我们从印刷厂走出来时一样。张欢上来勾我的手指，我侧眼看她，她在哭，眼泪让她的脸变得透明，然后她整个身子都变得透明了，我紧紧抱住她，她哭得更厉害了，我上了出租车，在反光镜里，我看不到她。

我买了一台二手打印机，诗稿被输入电脑，现在又从打印机里吐出来，装订成册，它们被翻译成程序语言，再转换回来，这个过程中流失的情绪是难以察觉的，比如文字的疏与密、工整与潦草或者是不经意的连笔，都会出卖作者的真实情绪，甚至出卖作者的创作环境，它们在几次几十次上百次的转换之后流失了，看上去准确无误的打印稿正是误读的开始。

张欢又能够隔两天来一次了，下午六点来，晚上九点前离开，有时候给我带钱来，有时候只是单纯地做爱。我们睡在床上，把被子掀开，让阳光从身上一点点褪去，我问她："毛航是不是还会再干你一次？"我想，至少某些天是这样。有时候我会在做爱的时候突然问她这个问题，她总是不回答。当她又犯老毛病时，我还会想，她跟毛航在一起，比跟我在一起更快活。

等九点的钟声一响，她告诉我，她得走了，我躺床上目送她的离去。

我想起了我的母亲，她比我父亲小近十岁，在我父亲已经显露出衰老的迹象时，她依然是镇子上最有韵味的女人之一，有一次，我父亲出差，她偷偷跑到值班室和另一个医生偷情，被病人家属撞见了，我父亲回来，所有人都嘲笑着问他，瘸子怎么把鸡巴塞进女人的阴道？于是，他当着我的面，掐住我母亲的脖子，把她按到墙上，拉下她的内裤，我跑了出去，我以为会出人命，在一株桑树下待到很晚才回去，从那以后，我母亲就很少回家住，后来我才听说，我父亲就是替那个医生挡了棍子。我母亲彻底离开我父亲那天，我也是躺在床上目送她出门，她拎了很多行李，我知道，她不会回来了，她把行李放到门外，问我，愿不愿意跟她走，我说不愿意。后来，她也许又当了母亲，现在也许已经是祖母了。

我曾无法理解，母亲为什么要离开父亲，后来发生的事，让我认识到母亲的选择是正确的。

在我母亲离开后的一个晚上，我们听到楼下有争执的声音，我站到向街的窗边，看到信用社门口站了四个人，一个是军人、一个看上去像军人的女朋友、一个黑帮头子还有一个马仔，军人支开手挡在女人的前面，用外地口音训斥他面前的两个人，他拉着女人的手要走，刚转过身，黑帮头子就摸出了一把枪，两声枪响，又补了两枪。我父亲站在我背后，他见证了发生的一切，那天晚上，他紧紧地抱着我，他比我还要恐惧。部队派人下来调查，被打死的是一个来提亲的军官，派出所的警察装模作样地搜寻证人，他们问过我父亲，我父亲说他什么也没看到，什么也没听到，他们说：“你看到了。”他们拿出照片，照片上是一张陌生的面孔，他们问："是不是这个人？"我父亲说："是，是他。"那件事情平息后，黑帮头子宴请公社医院的职工，他们脱掉白大褂，在酒桌上与黑帮头子推杯换盏，没有人敢提起照片上的倒霉家伙。这个懦弱的人，至死都不会承认，他曾经是黑帮头子的帮凶。

我又一次写下：战争仍未到来。我们渴望与父亲来一场赤手空拳的肉搏，所有的父亲，是男人一生的敌人。

四月底，我突然联系不上张欢，她的手机不在服务区，我去她工作的服装店，他们说她辞职了。我想了很多，过得生不如死。

四月三十日，大清早，有人敲门，我正在做早餐，我以为是张欢回来了，打开门，看到的却是蒋彩艳，她瘦了一些，还算精神，头上还有汗水，像是走了很远的路。

她问我，张欢是不是走了？我说，是，已经十来天没见了。她说，他们去美奈了。我问，谁们？她说，毛航和张欢，还有那对夫妻。我问，你为什么没去？她说，他们背着她去的。我说，是啊，他们说好要叫我的。

我去关了火，坐到她的对面，逐渐心安起来，张欢没有离我而去，他们去了美奈，还会回来。

蒋彩艳盯着我们之间的一张空椅子，问我有没有听见什么声音。我说没有。我站起来，去厨房端已经凉了的早餐，转过身，她像鬼一样地跟着我，突然抱住我，鼻尖贴着我的下巴，呼吸是凉的，让人起鸡皮疙瘩的凉，我不知道她为什么这么做。

她说，没有人肯留在她身边。我嗅到一股焦煳的气味。

我吻了她，尝到了她厚厚的舌苔，有一刻，一种熟悉的哀伤涌上来，是我在阅读张欢的诗时产生的那种毫不相干的哀伤，我想到了她和毛航在枪炮中拥抱的场景，想到了这条舌头或许也曾伸进骆一禾和蓬头垢面的查海生嘴里。她就像一条通道，通往诗歌的殿堂。她粗糙的手伸到我的内裤里，刚摸到我的鸡巴，又惊恐地缩回去。当时，我不知道蒋彩艳已经濒临崩溃。她一步步退到门外，我追出去时，只能听到楼道里的疾步声。

直到今天，我都不能理解她为什么会突然抱住我，也不理解为什么戛然而止。一个月后，毛航扔下她，独自跑到卡维恩，再也没有消息。毛航出国后的第二年，我到精神病院看过她，她在重复拨打一个号码，用一部没有接电话线的电话，她问我，为什么拨不通，我说是不是少拨了一位，她说不会的，这个号码她背了很多次。她爱过骆一禾，爱过毛航，也许还爱过我和其他人，或长或短，她只忠诚于一个模糊的东西。

五月十日，我接到了毛航的电话，他说："你拿奖了，华语诗歌新人奖，税后能拿到两千美金。"我问："换成人民币是多少?”他说:“得有一万三四。”我问:“张欢是不是和你在一起?”他顿了一下说没有。我给蒋彩艳打过去,问她毛航是不是回去了?她说没有。我又给张欢打,她没有接。

那时候我坚定地相信,拿到钱就可以带张欢走,到一个我们都想去的地方。

五月十一日,我还睡着觉,张欢回来了。她穿了一条红裙子,跪坐在我的床前,她哭过,一张湿漉漉的脸贴到我的脸上,我说:“你他妈像条狗。”她号啕大哭,我转而安慰她,她说她不想待在这里了,一刻也不想,我问她发生什么了?她说,蒋彩艳疯了,差点杀了她。我告诉她,我将拿到一笔一万多块的奖金,我们很快就可以出发。我很想和她做爱,我拉她到床上,她按住我的手,她说她下面又在疼,我只得安静地抱着她,度过慵懒的上午。

吃过午饭,我们去逛了书店,看了一场电影,她感到不舒服,我和她提前离场,买了两杯咖啡带走,回到家正好是六点。关上门,张欢脱下衣裤和胸罩,举起双臂背向我,沿着脊椎有一行新的文身笔直地展露出来,这是我给她的诗稿中的一行话。她转过身,静静地看着我,我架起她的腿操她,她的阴道是冰冷的,我抽出来,看到她的汗迹留在了墙上,连同文身一起留在墙上。我们喝着咖啡,她问我,生命有轮回么?我说,那样的话,死就太美妙了。她又问我,有没有让女人怀过孕?我说:“辅导员。”她没有笑。我说:“毕业离校前,我们聚完餐，我送辅导员回去，她的男人在缅甸做生意，音讯全无，她妈帮她带孩子，她打算等孩子再大些，就去找她男人，到了楼下，我和她道别，她独自上楼，我走了几步，又转回去，敲开她的门，我们折腾到第二天早晨，然后我就拿上行李离开了学校，大约两个月之后，她来报社找到我，她说她怀孕了，让我陪她去诊所把孩子拿掉。我们去的那间诊所很小很挤，前面坐了几个姑娘，她让她们别紧张，说话的方式还是辅导员那套，医生喊到她的名字，她站起来，又蹲下去哭，她说她没遭过这样的罪。完事后，医生让我进去，医生说她下不了床，让我去搀扶她，她不停地发抖。我把她送回去后，跟她说了声对不起。”我说：“我没有看过堕胎的过程，医生不允许，但我见过流下来的东西，有的只有巴掌大，五官都没有长全，医生戴着手套把它装到黑色塑料袋里，和医疗垃圾一起烧掉。”听完后，她极为平静地说，她去堕了胎。我和她吵起来，也许只是我在骂她。

那个点的出租车很少。我经常会回想起她离开的背影，她扔掉沾着淤泥的鞋子，赤脚走了好几个小时，或者她出门就招到空车，出租车以六十码的速度离我越来越远，或者，她回来过。如果时间倒流，在她走后，我会抱头痛哭，但当时我认为，我们的未来是无穷无尽的。

那天晚上，我梦见了一片海，一艘船，也许是一艘捕鱼船，也许是一艘逃难的船，船上只有两个人，我和她，我站在驾驶室掌舵，她在机舱里，机舱里空空的，只有一张又宽又长的板子，她就躺在板子上，她快要生了，每过一段时间，我就下到机舱瞧她一眼，我不知道孩子会在什么时候降临，风暴来了，整艘船差点被吞没，我机敏地度过了险境，乌云散开，太阳露出来，又是风平浪静。

有会儿，我迷迷糊糊地想，孩子是我的。

五月十二日，新搬来的邻居夫妻起得很早，他们摔门离开的时候，我坐起身子，看了眼墙上的钟，那架钟停了，显示的时间是十点十五，秒针还在垂死挣扎。

上午，我改了一篇小说，然后打算去找毛航要钱。

驻地咖啡馆在做摄影展，过去挂着马奈的位置挂上了三张放大的照片，一张是一对情侣裸身泡在泥浴里，只有背影，另一张是一个中国女人坐在象背上，还有一张是男人爬到橡胶树上，女人在下面望着他。女人有点像蒋彩艳，而男人的面孔则看不清。我问店员，毛航和蒋彩艳在不在？他说都不在。

我到快餐店买了一个汉堡和一杯可乐，走进一间不开灯的娱乐城，只有几个穿着校服逃课的中学生。我换了一百枚游戏币，坐到水果机前，输到最后二十枚时，押中大三元回了本。那几个中学生听见这边在吐币，都围过来，矮个子拿出遥控器要卖给我，他说能控制跑灯，准赢不输。

一瞬间，几个中学生晃起来，整个娱乐城都是金属碰撞的声音，睡眼惺忪的老板冲我们喊，地震了。我朝外面跑，矮个子坐到我的位置，掏出币口的游戏币。

有人刚从商场逃出来，有人手里拿着空链子，在找走失的狗，有人抬头望着大厦，和旁边人讨论它什么时候会垮塌，还有人挂在大厦外墙，不知道该不该松手。我回头看到矮个子提着裤子跌跌撞撞地走出来，一个坠落的花盆砸中了他，他又走了几步，然后倒下，游戏币撒了一地，脑浆像豆花一样散开。

剧烈的晃动持续了三十秒，大楼摇摆的幅度逐渐变小，挂在外墙的人爬了回去。道路已经瘫痪，过了很久，才有几个步行的白大褂赶过来，他们打开药箱，为伤者包扎伤口。我往张欢家走，似乎预感到了什么，又不敢去猜想。

下午五点，我走到筒子楼前的菜市场，那里站满了人，我挤开背上沾着尘土和鲜血的人，挤开哭号的母亲，挤开裹着浴巾的女人，眼前是一片废墟，很多人刨开砖块，呼喊某个陌生的名字。我拿出手机，一遍遍拨打张欢的号码，要么没有信号，要么回音是已关机。后来，消防车和武警都来了，他们抬出一具具尸体，有个老太太用刚买的一沓毛巾逐一盖住死者的头部。我想，我应该逃离这里。

太阳下山前，我回了自己的家，地上是碎片和书籍，那架破钟摔在了地上，秒针仍在抖动。房东来了一趟，他让我不要在屋子里住了。整栋楼都空了，他们卷着被子到广场和公园过夜，我查看了一遍墙壁，然后把沙发挪到墙角，我躺在那里，听到大楼深处的回响，那是钢筋和水泥在余震过后断裂的声音。我麻木地打开电视，主持人在播报有关地震的消息以及伤亡人数，毛航的电话打过来，他说，张欢可能不在了，我挂掉电话，看着荧屏，我看到，我们站在张欢的尸体前，沉默着，无话可说，蒋彩艳踮起脚，试图去舔毛航的耳郭。

我给自己来了一支氯胺酮，针眼肿起来，一只手不住地颤抖，液体顺着我的胳膊，流到我的肩膀，然后是肺和心脏，爬到喉咙，又迅速下落，我用那只快要废掉的手抚摸生殖器，我一层层地凉下去。

父亲走到我的身前，他说：

“死亡就像个狗杂种。我不想活了，就从床下面拖出衣箱，换了一套新衣裳，把那只几十年没戴的表也戴上，喝一口藏了很久的酒，养老院不允许饮酒，我打开门，走过操场，把酒瓶子扔到墙外，我回去先把卫生间打扫干净，将鞋子脱在门外，挂好绳子，挂在卫生间裸露的管子上，我打量过了，那管子又粗又结实，为了避免吓到自己，我打算用两张毛巾遮住镜子，盖上毛巾前，我看到，镜子里是又老又丑的脸，头上还长着一块破脓的疮，我换了一次药，看上去体面了一些，我搬了一张凳子过去，动作很轻，生怕吵醒王老头，我坐在那里，等着庄重的时刻到来，我困了，就靠墙眯一会儿，在天亮前惊醒，大概是凌晨五点一刻，早已过了我计划好的时间，我连最后一件事情也做不好，我站到凳子上，伸长脖子，钻进绳套，凳子被我踢翻，倒在铺好的棉絮上，没有发出太大声响，我最后的祈祷竟然是希望王老头不要听见我的呼吸和呻唤，最难受的时候过去了，手表在走动，我还挂在绳套上，一秒一秒地数到七点，王老头进来上厕所，他看到我了，他去叫来护工和院长，他们把我取下来，有人弄到我的坏腿，操他妈的，我就看着他们收拾我的尸体。我在养老院又住了些日子，后来，床位被新来的人占了，我只好两手空空地离开了那里，在荒郊野岭待过，在废船上待过，在商场待过，在垃圾库待过，到现在，连半个鬼影都没遇到。那种孤独比我生前还要强烈百倍。”

刺青

雕题

《礼记》：南方曰蛮，雕题交趾，有不火食者矣。所谓雕题，即以丹青雕刻其额。《异物志》：雕题国，画其面皮，身刻其肌而青之，或若锦衣，或若鱼鳞。《海内南经》标注了雕题国位置——郁水南。依据鲛人传说与后人考究，有学者认为古雕题国位于海南（另有说法是越南或台湾），海南岛中南部土著黎族人恰有文身传统，黎族有黎语而无黎文，学者杨绍文曾撰写《上古符号》（该书认为符号与巫蛊同时出现，人类由此有了等级观念），其中一章论述了黎族崇拜由具体到抽象的过程，令他费解的是，黎族文字迹象始终处于原始状态，例如关于祈福与徽号的文身，即可解读为文字雏形。杨绍文幽默地写道：文字的基本功能是记录与辨识，在黎族传统中，尚未到文身年纪而早夭的女子，人葬前须绘身画脸，才可被祖先接纳，这道出了文字最原始的悲哀——记录者与辨识者的不统一。黎族人将这种悲哀发展到了极致，记录者与辨识者身处阴阳两界。图腾说是黎族文身起源学说中的一种，另有生殖说，清代王云清整理的《儋县志》对此有粗略记载（《儋县志》尚未印刷即遭焚毁，残留的稿本为《儋县志初集》），大意为：琼地最初无人居住，有大蛇在黎婺峰产下一女，她生下来就能走动采食，某天，交趾人误闯此地，见到蛇女，交合后，生下一子，不久，交趾人去世，母子相依，无人作合，于是蛇女命儿子向东行，见女人则娶为妻，自己向西行，见男人则以为夫，儿子听命离开，蛇女刺花面部，涂上色彩，数年后，儿子遇见一个花脸女人，他依了母亲之言，与花脸女人作了夫妻，繁衍生息，后代沿袭了男子裸体、女子刺花的传统。将此类传说笼统起来，可以发现文字在形成之初，便是秘密与罪恶的化身。

不可能的书写

一九八四年，《上海文学》与《西湖》在杭州举办研讨会，讨论文化寻根问题。次年，阿城在《文艺报》发表《文化制约着人类》，韩少功在《作家》发表《文学的“根”》，《对话》《小说潮》《雏鹰》等跟风刊发批评及作品，形成寻根思潮。尽管争鸣之声此起彼伏，仍难掩主题的单调乏味，充斥着一些反思传统文化优劣的陈词滥调，像是被压抑许久的知识分子借机发泄，有学者日后回忆道：这一运动的出现尽管具有自身的历史逻辑性，但它的发生起因却是相当偶然的，启发来自拉美文学的大爆炸，再次进入世界文学格局的中国文学，自卑感与困惑感油然而生。很快这场思潮被先锋文学取代，这种取代既非继承，也非反对，而是断裂，在裂谷中，有一股暗涌被漠视。在《一九七八年至一九八九年文学综述》中，编者将这股暗涌称为为反对而生的流派，给了它一个对应的名字——无根文学，视其为“一九七六年天安门诗歌运动张贴及手抄形式的延伸”。另有部分教材将它与同时期出现的其他文学探索归类为“实验文体的萌芽”。根据几位早期参与者的口述，他们主张无故乡、无祖国、无时代，架空故事背景。早期代表作有寓言集《蝼蚁》、长诗《晨曦梦呓》、幻想小说《公元二〇八六》。一九九三年是中国文学叙事的分水岭，这一年《白鹿原》出版，有编辑不留情面地用“抽风”来形容那些古怪的文体，这帮人干脆将“无根”演绎到极致——他们把诗歌写在木柴上，音节成了烟，文字成了灰；把小说写在水凼里，故事蒸发再凝华为云；把散文写在沙滩上，被海浪越冲越淡。正是这种无形的书写，让这个流派有了密宗的色彩，他们像深海鲸鱼，偶尔露出水面呼吸。一九九六年，《故事会》在不起眼的角落刊登了一篇恐怖小说《奇特职业》：一批诗人化身建筑工人，将诗句刻在空心砖上，盖进大楼里，住在大楼里的人谈话中断或仰头休息时，就会听到墙里含糊不清的独白。这篇小说借用了无根文学代表作家名字，虚实交叉地引用杜撰新闻或作品。一九九八年，赵毅衡出版《当说者被说的时候》，以学者身份探索叙述技巧，他将元小说分为两大类型，自反式元小说和前文本元小说，前者指作者故意地插入小说叙述，打破写作与阅读的隔膜，使创作与评论同步，后者则是将以前的文本作为戏仿对象，达到某种反讽目的。这年，陕北一栋筒子楼被拆后，找到一块刻有符号和图案的砖块，经鉴定，符号和图案为仿古埃及圣书体，是近代人的恶作剧。二〇〇四年，《争鸣》搬出马原二十年前的作品《拉萨河女神》，炒起了元小说的冷饭，讨论的内容是作者与读者的身份，例如，一种观点认为，元小说由第一作者、第二作者、文本、拟读者构成，另有观点认为，元小说并非开放的，相反，读者的阅读体验被作者剥夺。二〇〇五年，《争鸣》又用了三个版面延续关于叙述的讨论，这次有更多陌生的名字冒了出来，一个名叫方琳的作者凭空创造了一种扑克牌式写作，作者创作五十四个片段，由读者重组，像玩扑克牌一样，拼凑出一部作品，与此对应的是一篇叫《疑问》的文章，它提出作者如上帝一样高贵，不要拘泥于文本，不止于语法与形式的革命，要思考如何将作品嵌入信众的生命，它的疑问是载体与信众能否统一？

异装癖

“那女人，不怎么漂亮，但也不丑，我去找她，有可能是和她上床，但不确切，她住的地方有很长的楼梯，我往上走，先是看到了她的父母，他们让我不要上去，我没听，继续走，在一个拐角看到她，大概有一米远，她像是疯了，她要杀了我，我往下跑，她在后面追，我以为是这样，后来，我跑到海边，跳了下去。”这是航空学院的罗康留下的最后一段日记，日期是四月十日，三天后，他在旅馆被害。旅馆的清洁工说，和他同住的男人续了一周的房费，那扇门便一直关着，她连续四天敲门问，是否需要打扫，里面没有动静，到了第五天，终于有客人忍受不了臭气向她抱怨，她到前台拿了钥匙，打开门，罗康躺在地上，脑袋被塑料袋蒙着，身上穿着胸罩、丝光袜和高跟鞋。他是窒息而死，肛门处有精液，生前遭到过性虐待。同学说，他曾在酒吧演出。酒吧老板说，他最后一场演出是四月十三日，星期天，来的人很多，他唱了几首白光的歌，到吧台跟一个四十岁左右的男人喝了几杯，打烊前，他找我结了账，那个男人在门口等着他。五月一日，凶手在另一个城市聚众吸毒被捕，他在迷幻状态下主动交代了罪行，审讯过程中，警察问到毒品的来源，他没有回答这个问题，夸张地又笑又哭，一开口，便把审讯员吓住了：我用塑料袋套住他的头，他越紧张，我就越痛快，我念他背上的文字，他就成了个小说里的人物。那是他第三次见到罗康，前两次，他给了他一些小费，第三次，罗康告诉他，论文答辩结束后，打算到乌鲁木齐工作，他们喝了很多酒，喝到很晚，然后就去了一间小旅馆，洗澡的时候，他看到了罗康背上的文身——蛇和一段文字。那段文字取自某部小说，讲了两个少年去一个丧子之妇家偷玩具，被她发现后，女人把他们关到了仓库，他问他，接下来是什么内容？他说，不知道，也许女人会把玩具送给他们，他说，也许女人会让他们吮吸她的乳头，烈酒在他的脖子以下燃烧，房间里弥漫着陈谷子的腐味。审讯员认为这不属于自首。凶手被送回原籍，由于罗康是艾滋病毒携带者，凶手被羁押在特殊监区，在恐慌中度过最后时日。

反义词

早上六点，起床。六点半，写日记：昨晚喝了太多酒，只有玩机车的壮汉是清醒的，也许我也是清醒的，C本来说好不喝酒的，我们闹了别扭，她灌了两听果啤，当着我的面和那个壮汉眉来眼去，她故意要让我难堪，他想把她拥进怀里，她躲开了，他们扭在一起，他给了她一耳光，朋友们都看着我，我不敢上去，我怕他揍我，我是清醒的，但我装出一副醉态，C跑了出去，我知道她躲到了车里，天下起雨，我再出去时，她已经走了。划掉最后几句，重写：我跟上去，坐到车里。再划掉，没有结尾。七点，读《安·卡明斯卡札记》，手抄：关于我们的身体——要失去的身体，我们写得太少。七点半，吃早餐，想C是否会来店里。八点，开门。八点半，第一位客人是个姑娘，给她盖毯子的时候，她的后背抽搐了一下，后来很顺利。十点，姑娘离开时，把衣领往上提了提。十点半，警察来查案，照片是个背影，耳背上有字，W不配合，什么也没告诉他们，想尽快把他们打发走，没多少人愿意在耳背上刻字，那种疼痛会被骨头记住，在某些不经意的时刻报复肉体，照片上的人是条汉子，他谈起曾经和别人玩轮盘，他冲着自己的脑袋连打三发空响，赚了三万块钱，他说，设赌局的人裤衩都湿了，他上周还来过，问W借了些钱，他只说借，没说要，W没指望他能还。警察走后，等待的顾客也走了，店员们拿警察开涮，说他们热衷于解救失足妇女，对一些暴力犯罪总是畏畏缩缩。十一点半，C没有来，在店里吃快餐，看菲利普·威尔金森的《符号与象征》，一部地摊读物，睡了一觉，梦到一串精子似的脚印或者脚印一样的精子。下午接了三单生意，两个是毒贩子，最后一个人想要关于死亡的图案，钟楼或者断头台，他选择了钟楼，那句诗出自华兹华斯，也可能是某个不知名的死囚：报时的钟在敲，我得去了。他走后，W说，也许这个人患了绝症。回家时，顺便买了张彩票，号码是随机取的，某家彩票公司的广告词是：世界秩序中插进的一种偶然性。安德烈斯·拉米雷斯说，我想念着那些数字，我想念那些数字在我眼帘后面闪烁的感觉，那感觉就像我在想念一个目标或那个目标，多像失宠于上帝的忧伤的门徒。每个彩票站都是一座教堂或者神庙。晚上七点，看到C塞进门缝的便条：狗杂种。看大岛渚的电影，手淫，脑子里想的全是C被那个壮汉操。九点，写第四千零五章，在一个没有兵器的国度，莽撞的拳头只砸向比自己更勇猛的人，最终，所有人都搞得遍体鳞伤。十一点半，给M回信：二十一世纪的小说是雨果的反义词，必须是福楼拜、屠格涅夫、左拉的反义词，是托马斯·曼的反义词，是马克·吐温的反义词，是D. H. 劳伦斯的反义词，是福克纳和马尔克斯的反义词，是昆德拉和村上春树的反义词，必须是萨尔曼·拉什迪和赫塔·米勒的反义词，是沈从文的反义词，必须是鲁迅的反义词，是莫言、阎连科的反义词，必须是高行健的反义词，必须是苏童的反义词，必须是王安忆的反义词，必须是张炜的反义词。十二点，上床睡觉，鸡巴和内裤黏在了一起。

信赖

她从住院部走出来，在楼下抽了一支烟，有个男人过来借火搭讪，她把烟头杵灭的时候，男人突然问她，以前是不是住人民北路一片？她说，没。男人笑了，像是知道她在撒谎。她走进病房，父亲睡着了，手臂晾在外面，他已经接近死亡了，她揭开他的氧气罩，他露出难受的表情，监护仪上仍显示着曲线，她把氧气罩又给他戴上。她侧身躺到了隔壁的空病床上，他咳了几声，她喊他，他嗯了一声，她想到那个有趣的句子，两个人信赖彼此时，就会产生沉默。她开始回忆他说话的样子。十岁那年，堂姐送了她几本连环画，她着迷于那些简陋的英雄故事，吃饭也是狼吞虎咽，父亲给她讲了一个故事，旧社会时，一个长工替主人炖豆腐，实在馋得慌，就偷吃了一块，主人正好进来，主人瞪着他，长工把豆腐一口吞了下去，豆腐烫坏了他的胃，不几天长工就去世了。这段话导致了一个严重的后果，出于好奇，她去舔燃烧的蜡烛，她感到有东西戳进了她的喉咙，母亲打了一颗鸡蛋，让她包在嘴里。她成了受人嘲笑的大舌头，为了给她纠正过来，父亲请诊所医生替她针灸，在银针穿透皮肤前的一刹，她有种莫名的亢奋，这种亢奋像种子一样留存在她体内。她听到了父亲的呻唤，他在祈求死神的降临，她想，她和父亲间的沉默，并不是因为信赖。父亲后来加入了下海潮，开春和夏末要南下批发服装和电器，医生给她上好针，就让她在床上等着，治疗的时间或长或短，结束后，母亲就给她一枚硬币，让她去买零食，她渐渐期盼医生的到来，他象征着冰棍和牛皮糖。父亲踹了一下脚，在生命的末端，他看到了什么？那天，医生扎针的手有些颤抖，她觉得有根针扎错了地方，口水流到脖子，衣襟都湿透了，她不敢叫医生，闭眼等着他来取针，她做了一个很长的梦，开头是一些她认识的男孩，然后就出现了肮脏的景象，例如男孩往她的裤裆里塞老鼠，他们在捉弄她，她不敢反抗，无论对男孩，还是对老鼠。她艰难地爬起来，走到母亲的房间门口，推开了门，母亲正用嘴含着医生的下体，就像含着一支瓷勺。她确信那根针至今没有被拔出来，她要不要走到父亲身前，跟他说些什么，哪怕是怨言？大概一年之后，她才鼓起勇气，把她看到的画面告诉父亲，那时，母亲已经跟医生私奔了，她设想好要说的内容，用尽力气，一个字一个字地吐出来，父亲像头狂躁的野兽，拿着一根滑稽的天线，沿着人民北路追打她，她被追上了，天线打在她的鼻梁上，流了很多血，他无助地看着她。终于等到这一刻了，她起床去通知护士，父亲已经死了。后来，很多亲人都来了。

末世

如何捕捉到身体？这是最致命的一个问题。脚，腹，嘴，指甲，伤痕，精液，淫水，神经，抚摸，疲乏，致力于身体的对话时，身体已被搁置一边。书写身体时，书写的不再是身体——于是有了第一份空白报纸，有了寂静无声的朗诵，有了聆听最深处的声音的教派——真正的沉默只有在真正的话语中才是可能的。沉默不是动物性的沉默，而是言说的回响——语言本身就是身体，不是意识的指派，而是身体直接参与，像博比·麦克费林一样演奏，像哑巴一样表达，凌迟一样地书写——这符号化的身体，灵魂的监狱或墓穴。文字在形成之初，已是秘密与罪恶的化身——二〇一七年三月十五日，岳阳市螺丝山水域发现浮尸，面部朝下，手部附着一层青苔，胸前有文身，排除他杀可能。二〇一七年六月六日，苏州河内打捞起一具男尸，左手背面有蝙蝠，体表无明显外伤。二〇一七年六月二十九日，海口市西秀海滩海面出现一具女尸，无明显外伤，指甲涂抹成红色，左手手腕处有两朵玫瑰。二〇一七年十月十五日，首都机场辅路发现女尸，身体腐烂，有刀伤，左前臂刺有三个生造字。二〇二〇年七月八日，考古学者在中俄蒙哈边界找到三具干尸，其中一具是两千五百多年前的西伯利亚公主，另两具为男性战士，疑为陪葬，公主左肩刺有兀鹰嘴和魔羯犄角，两名男性战士右胸部经肩膀延伸至背部均有文身，图案不详。二〇二二年九月二十二日，西安警方捣毁贩卖加工人皮团伙。二〇二四年六月，《句群》出版，作者曾是一名葬仪师。二〇二八年四月，第一座人皮博物馆在伦敦建成，这一年，人皮收藏在多国合法化。二〇三三年，第一部汇编作品出版，书名即是《秘密与罪恶》。二〇一二年，《造诗厂》春季号刊发了一首诗，题为《本性》：作品的深处，是章节，章节的深处，是句子，句子的深处，是词组，词组的深处，是墨水——文学绝对是尼采的反义词。尼采：我完完全全是身体，此外无有，灵魂不过是身体上的某物的称呼。

比阴阜还迷人的，是仇恨

那年冬天，朱沈氏终于断了气，四贵雇了些工人，要拆掉祖屋，他去找四贵，愿意付出和贩子相同的价格，收购那些木材，四贵口头上答应了，为表诚意，他付了一笔不算太多的定金。等祖屋快拆完时，他就请了个中间人，去付清余款，四贵不承认收过定金，把中间人打发了回去。四贵请房子酒是在夏至那天，他没有被邀请，仍去赶了个红包，关于定金的事，他一句都没提，四贵似乎也完全忘了。过了些日子，四贵和一帮人在他家附近的河沟里游泳，他也去了，游了会儿，他就同那些人开起玩笑，说谁要是敢从桥上跳到最浅的那处，他就输把藤椅给他，四贵是第一个跑到桥上的，着急忙慌地跳了下来，身体平铺着拍到了河面，然后，别的人就看到四贵拖着血往下漂，一把锈迹斑斑的锉刀插进了四贵的胸口。他说，这是一场意外，意外而已。别的人都在私下谈论，说他又狠又毒，没有人再买他的家具。在一个雨天，他把工具埋到了林子里，头也不回地离开了村庄。他游走于被人疏远的角落，干些下贱活路或者偷偷摸摸的事过活。在锉刀插进四贵胸口后的第五年，他遇到了一个好心的妇人，那妇人隔三岔五就来喊他帮搬家具，从这套房子搬到那套房子，又从那套房子搬到这套房子，妇人话不多，但他看得出来她心里藏着话，有一次，便主动张口问妇人，是不是看上了他，妇人就笑，笑了一会儿，又问他，除了搬东西，还会做什么？他迟疑了很久才说，什么也不会。妇人让他帮忙办件事，说会给他很多钱。于是，他就在巷子里堵住了那个姑娘，他喊她的名字，她答应了，他从裤兜里取出一瓶备好的硫酸，朝她脸上泼去。他一边跑，一边哭，他紧张坏了，连她的面容都没看清。拿到那笔钱，他就去找文身铺，他要刺一张姑娘的脸，刺青师问他，多大年纪？他说不上来。刺青师飞快地拨动老式刺针，他觉得那姑娘的脸一会儿比牛还大，一会儿比蚊蝇还小。凭着过人的胆量，他又接了几桩危险的生意：用铁棒敲断醉酒士官的左腿、使石头掌断千手的指头、放火烧掉舞厅。他也不再遮掩身上的记号——神兽、经文或者奇怪的符号。他的恶棍生涯并没有持续太久，最后一次是去赌场追债，欠债者把鸭舌帽压得很低，有些泄气，不一会儿就输得精光，离开了赌场，他扔掉手里的牌，随他离开，走到街上，欠债者似乎发现了他，快步走，然后跑起来，他追上去，掏出刀子，架在他的脖子上，他掀起他的帽子，那人的颧骨和眉骨戳破了面皮，裸露在外面，这就是最后一桩生意。那天，他在街上吐了几次，皮肤瘙痒，他用手去抠，指甲缝塞满了自己的肉。他只能依靠可待因来缓解身体的痛苦，直到花光所有积蓄，他就用一把剃刀，剔掉身上的疱疹，朝故乡的方向走去，最后暴毙街头。

蝴蝶

早上六点，起床。六点半，写日记：我在游戏厅门口遇到她，更准确地说，是她在外面等着我，看样子是等了很久，我想起小时候，我父亲也常在游戏厅门口等我，他不肯进来，就在外面喊我的名字，我不答应，他就一直喊，喊着喊着，我哭了，我觉得他很可怜，我们走回家，彼此都没有再提那天晚上的事情，但我知道我们不会再像从前那样，再像那天晚上之前那样，我们做爱，然后睡觉，她睡着后，在喊一个名字，肯定不是我的名字，有时又是她绝不会用到的脏话，好像，她还过着一段，不属于自己的生活。七点，读洛尔卡《杂诗歌集》，手抄：蔷薇，不寻找晨曦，在肉体和梦的边缘，她寻找别的东西。八点，叫醒C，她穿上一条刚买的花裙子，化妆。九点半，出门。十点，堵在路上，K打来电话，问怎么还没到。十点二十，摇滚B区站满了观众，C在草坪上奔跑，像一只蝴蝶。十点半，贝斯手热场，乐队登台，C调试话筒。十一点，C唱："心脏，穿透，外套，开出花朵。"在远离舞台的地方，有个男孩拿出锡箔纸嗑药。十一点半，嗑药的男孩换上裙子，爬上人浪，像条虫蠕动。十二点，演出结束，下一支乐队做准备，K和他们交涉了几句，然后和C拥抱。下午一点，与K吃午饭，商量去水库，他看起来很累，还是答应了。两点，到水库，找了片空地，坐下来，K说："我快死了。"C想笑，没笑出来。K从背包里取出针管。C站起来，她想下去游泳。K把针头从脚踝附近扎了进去。C跳进水库，穿着那条花裙子。阳光很刺眼，眼皮被灼烤得发紫。C游了很远，她在另一头上岸，然后钻进林子里。K说他胸口很闷，提不上气，他不想死在这里，他想回老家，想土葬，不想被烧成灰。四点，C走了回来，身上已经干了，她或许是在那片林子里晾裙子。五点，送K回家。六点，走回家，C走得很慢，她在打电话，不愿意被听到的电话。晚上七点，吃晚餐。八点，陪C看电影，阿尔巴尼亚的老片子，她为什么对这个感兴趣。九点，写第四千零九章，艺术家的工作是，重组某部作品的文字，让它与另一部作品接近，这样，所有的作品都是一部不存在的作品的错版。十一点，写信给L：事件A，读者在阅读某部作品后，遭车撞死，而这部作品恰巧描述了一起虚构车祸的细节；事件B，读者在阅读一部绝望的作品后自杀。看上去，A属于巧合，B有着因果联系，然而当作品作为读者体验的延伸时，事件A中虚构的车祸与读者实际遭遇的车祸，构成读者车祸体验的整体，事件B中作品绝望的情绪与自杀的结果，同样是构成一个整体。这个整体是什么？就是作品完成后，读者用命运续写的章节。想到这些，简直令人发疯。十一点，口交，译制片的腔调，着火的蝴蝶。

镜中人

胡安·马尔塞的那篇小说，题目叫《日渐消解的作家》：隐居者R.L.S破天荒地接受了采访，一发不可收，随着受访增多，身体也变得透明，直至完全消解。这正是她所遭遇的危机，她在电台录广播剧，她能精准地体会人物的经历，用不同的声音演绎，她告诫新来的实习生，再好听的声音都不可以抢了角色的风头。在那件事发生之前，她的确和男友吵了一架，仅仅因为一个轻佻的玩笑，男友搬了出去，她以为他会像往常一样，厚着脸皮回来道歉。一个星期后，她给他打了一通电话，被告知电话欠费，或许他有了新的情人。录制完西班牙拗口的人名和地名，已经是晚上八点，她走进电梯，撞见了和她上过床的领导，她瞪着数字的变化，到了底层，男人替她挡着电梯门，对她微笑，她像是挨了马尔塞一拳，这样的感受越来越浓烈。当她站在男友家门口时，她已经预料到将要发生的事，他的父母开了门，他们问她是谁，然后叫来了他，他也问，你是谁？她灰头土脸地离开，她回想他的表情，不像是撒谎。她乘坐的出租车正在播广播剧，司机听得入迷，差点闯了红灯，一个急刹后，司机又问她要去哪儿，她用广播剧里的嗓子回答，司机笑了，关掉收音机，换成了一张唱片。睡觉前，她喝了一杯合欢皮泡的水，“R.L.S硬要把自己比作消食片或苹果味的糖——器官和情感都在冒泡。”她掀开衣服，乳房下面写着：打磨一面镜子，废弃的余渣，便是镜像的重量。由于发胖，笔画被撑开，色料沉到了内脏，她说，或许他有了新情人。

侦探小说家的未来之书

吉林诗人孙文涛说:"九十年代,在北京的东北人敢杀人是出名的,有位黑龙江北部矿区老兄,三十五岁,从无前科,矿山破产流落北京及关内抢出租车,杀人红了眼,竟连杀二十多人创下震惊血案。"这是我要讲的这个故事的前提,否则你不会相信这是件真事。我认识罗丽是在一九九五年五月,我记得很清楚,她属猪,那年正好二十四岁,《中国作家》组织了一次诗会,开始是在文化部大院上课,后来被赶到北京煤炭干部学院。离开北京前一天,我们五个年轻诗人去爬了长城,晚上在学校附近吃涮羊肉,本来说好由一个北京人做东,吃完后,他发现钱被偷了,我们的钱凑一起也不够,罗丽说她回宿舍拿,我陪她,我问她,是哈尔滨的?她说,是。我问她,谈朋友没有?她说,谈了。我再问她什么问题,她都不回答了,她装作没听见。那天晚上,我从一堆交换的诗稿中,找到了一首她写的《诗和诗人的阴谋》:疯婆子的哀伤,被闪电切碎,打铁匠盗走一块,铸成的剑,由楚人买走,数年后,他横尸垓下。我还能背诵，是因为后来发生的事。一个月后，我在自贡和前妻办了离婚手续，说不上是什么原因，我们没有财产，也没有子女，离婚就像分手，从民政局走出来，不知道该怎么和她告别，我让她把我送她的东西都扔掉，她穿过街道，两分钟后不见了。我回家清理她的毛发和遗留的衣物，又点了一盘蚊香，她的气味也在消失，不是突然，而是一点点地，像海水变成淡水。我写了一首诗，大意是，衣服很快会被穿破，就连衣服也不能把两个人再连在一起。我们离婚前，她已经和另一个男人好上了，我经常会想，我和那个男人共享她，在同一张床上，那天晚上，我又开始想这个片段，躺在床上的，成了我认识的或者爱过的其他女人。我从书柜里取出诗会的通讯录，找到罗丽的地址，假冒约稿的名义给她写了一封信。七月，罗丽在哈尔滨收到我的信，八月，她给我回信了，留的却是北京的地址。她说她没有写诗了，再也不会写诗了，她正在北京念速记班，很快就能找到一份工作，她说她在写侦探小说，发表了一篇，稿费很惊人。她写了很多，不像初见时那么冷漠，末尾还留了一个呼机号。我在书摊买到了她的小说，那是一本很粗鄙的杂志，封面是《湮没的青春》的剧照，基本是一些政治绯闻和色情故事，罗丽的小说是在倒数第二页，只有两三千字，而且字体很小，我费力地读完，她模仿爱伦·坡的《黑猫》，把墙壁换成了地板，把黑猫换成了蚂蚁。那阵子，我又拿了一个青年诗人奖，我写信告诉她，我很快就会来北京，我照着她北京和哈尔滨的地址邮了两封过去。她没有回信。九月份,我父亲去世了,他临死时还不知道我已经离婚,他问我的妻子怎么没来,我说她出差去了。料理完父亲的后事,我在老家住了一个星期,我在构想一起谋杀,如何在当下杀死一个未来的人,例如通过慢性毒药和疾病。十月份,我去了北京,领完奖,我找了个电话亭打罗丽的呼机,我在电话亭等了很久,她没有回拨过来,于是我又去找她留的地址,那里曾是一家夜校,已经空了,我问搬到哪儿去了,商铺老板告诉我,是一帮骗子。我住的是组委会安排的招待所,招待所旁边是录像厅,那天晚上放的是一部香港三级片,观众看到一半就把手伸到了裤裆里,我希望电影早点结束,可是他们干了又干,我提前回了招待所。我托人将我的回程票延了一周,又去买了纸和笔,打算把我构想的小说写下来。那一个星期,更多时候我是在寻找罗丽,我甚至去了煤炭干部学院,当然都是徒劳,我花光了带去的钱,离开时,把写有小说的纸也掉在了招待所,至今我都想不起那页纸上写了些什么。回到自贡,我被文化馆辞退了。一九九六年和一九九七年,我认识了一些不该认识的人,差点进了监狱。一九九七年底,我卖掉了房子,从香港转机去哥斯达黎加,那里有很多中国人,有一位诗人在圣何塞经营中餐厅,我去和他合伙,他的妻子也住在那里,有几次,那位诗人不在家,她往我身上蹭,暗示我和她上床,我装傻躲开,出于离谱的责任心。一九九九年,普拉塔尼约发生地震,那位诗人和妻子先回国，我一个人经营不下去，把中餐厅转让出去，去南美洲游荡了一圈，二〇〇〇年回国。至此，我与罗丽已经有快五年没见过面，没有通信。我再见到她是在书店，她被摆了整整一个书架，我买走了她的五部小说，那时，我在北京同时做几份工作，晚上就读她的小说，她在前言里将这些小说定义为非虚构小说，也许这只是一个心理把戏，小说里的凶手使用的作案工具和他们的反侦查手段形成戏剧性的反差，就好像他们意外地杀了人，然后欺骗警察，欺骗读者，欺骗自己，这不过是个误会。我开始撰写书评，包括她的小说，在收集她的个人经历和作品背景过程中，我意外找到了一篇一九九七年的采访，谈的是一位因抢劫杀人罪被判死刑的诗人，虽然没有提及被访者的姓名，但我从那段恋情中找到了她的影子。一九九三年，她在松花江边的宾馆上班，哈尔滨一个小有名气的诗人追求她，他写诗给她，她不为所动，有天晚上，他打电话到前台，问她想不想见他，她挂断了电话，过了两个小时，他湿漉漉地站在酒店门口，把衣服顶在头上，他在深秋的夜晚游过了松花江，他教会她如何用诗表达爱情，他和她做爱时，他总是让她放浪一点再放浪一点，那时她已经知道，他和很多女人都有肉体关系，她们甚至见过面，她的诗的主题不再只是爱情，还有嫉妒和欲望，有一次她梦见他们做爱，他掏出一把榔锤，敲碎了她的脑袋，惊醒后，她看到他在写诗，“我走在空无一人的广场上，先我而去的人，狰狞着从四面八方涌来，我孤零零地回头，远离死神之夜多么宁静。”她坐在他旁边，几乎崩溃。他终于消失了，毫无征兆地消失了，直到一九九五年八月，他托人带来口信，让她到北京去，她因为不知这个口信的真假而没有动身，当年十月，他在北京被捕，次年被判死刑，在执行死刑的当天，她才得知，一九九五年十月一日，他在长安街伙同东北同乡，抢劫后杀人灭尸。报道的最后引用了她的原话，“有一次，我和他聊到了他的一个老师，他跟我讲了我很多，他的手在颤抖，他送我回宾馆，坐的那辆车车速很快，他的手紧紧抓住前排椅背，下车时，他说，如果他出了车祸，那个老师还得继续活着，这太让人伤感了。”我知道，她接受采访时撒了谎，她很可能是那起谋杀的见证人，我没把这个猜想写进文章里。二〇〇二年，我的工作固定下来，在传媒公司做文案，和女同事结了婚，好像突然某一天，我的日子就变得好起来，一些人翻出我以前写的诗，一些人等着读我新写的文章，我们过着稳定的生活，我不再执着于多年前那个古怪的构想。二〇〇三年，我的诗集和评论集出版了，紧接着又是一本散文集，都卖得不错，很巧的是我和罗丽同属一家出版机构，我后来得知正是那些关于罗丽小说的书评引起了他们的注意。二〇〇五年，在出版公司的安排下，我与她又见面了，距离我们初次见面正好十年，她是饭桌上的宠儿，我坐在离她很远的位置，不确定她是否还认得我，饭局快结束时，她走过来敬我一杯，然后叫出了我的名字，让我开车送她回去，我差点哭了出来，是生理性的哭泣而非心理性的，我们聊版税和我在国外的糟糕经历，我送她到了楼下，她拥抱我。那天晚上我没有回去，我们在床上背诵海子的诗，"黑夜从大地上升起，遮住了光明的天空，丰收后荒凉的大地，黑夜从你内部上升。"她说，海子写这诗时，已经死过一次，他飞到山巅或者比山巅还要高的地方，看到的不是日落，而是黑夜像庄稼一样，从大地深处冒出来，她说，诗人总是被诅咒，我们说到了很多人，她说，至少有一件事是美妙的，他们都不会衰老，最后我们说到了那个杀人犯，我提起了那篇报道，我问她，那女人是不是她，她是不是撒了谎，她说，我没有资格和她谈论这些，我被她赶了出去，我坐在路边的椅子上，等着天亮，然后回家昏睡，躺在床上，我听到了自己的鼾声，我意识到，我正在变老。几天后，她给我打来电话，她没有道歉，说了一句突兀的话，她说我是她预想外的部分。那段时间，我们总是这样，傍晚的时候，打一通电话，争吵，最后像情人一样和解，我和她每周见一次，她告诉我，她在写一部很长的书，但又不肯透露任何细节。有一次，我们做完爱，睡不着，就坐起来写诗，我写了一首《阳痿》：在一九九五年的五月十九日，和二〇一五年的五月十九日，点燃二〇〇五年的蜡烛，她在这片烛光中，从一个尽头，号到另一个尽头，那遗失的经验，约等于一支蜡烛的长度，抑或两次射精的时间差。她说我抄袭博尔赫斯的《致一枚硬币》。我念了奥克塔维奥·帕斯的诗：蜂鸟，安然，不是在枝头，而是在空中，不是在空中，而是在瞬间。我说，他们将时间空间化，一九九五年和二〇一五年是挂在墙上的斗笠和簸箕，风吹进来，它们同时摇晃。她说她的墙上只挂着一九九五年。她也写了一首诗，是一串陌生的人名，我不明白她的诗想要表达什么。我发现妻子在跟踪我，她躲在商店里、人群中，有时候开着车，我想她是故意让我看到她。我开始厌倦支离破碎的罗丽，以及她带给我的碎片式的忧伤，我们见面次数在减少，她打来的电话，我总是让它响很久才接。妻子问我，为什么不要个孩子，我立马答应了，我戒了烟，尽量少地外出。我听说罗丽又交了一个新的男友，传这个话的人也知道我和她的事，他们告诉我，想看我有什么反应，我没有吃醋，没有男人会真正爱上她。我突然想要给未来的孩子取一个名字，这是一个很神圣的仪式，他或者她将顶着这个名字度过一生，我在读过的书里寻找只言片语，试图赋予它更宏大的背景，我将拟好的名字抄写在一张白纸上，闭上眼睛，从中圈出一个，我闭上眼睛，罗丽写的诗就闪现在眼皮上，那首尽是人名的诗，我竟然一字不漏地背了出来。有一天，我路过一所中学，两帮孩子在校门口闹事，他们扭打了起来，有个男生挨了一棒子，倒在地上，他们停下来，围住他，他们喊他，他像死了一样，我走过去，走到一半，吓住了，我害怕我会听到某个名字。这种不祥的预感又出现了很多次，报纸上的寻人启事、后记里的鸣谢名单、作家辞典、寄错的邮件，有些名字在我猝不及防的时候，闯进了我的生活，更加可怕的是那些没有出现的名字，它们像隐藏极深的陷阱，又像我久候的客人。终于，一张不孕诊断书结束了我们的造人计划，是妻子的身体出了问题，她怀着歉意四处寻求偏方，被我劝阻了，我竟然有几分窃喜。二〇〇六年七月二十四日，这一天平淡无奇，我最后一次见到罗丽，她因为抑郁住进了医院，我拎了一筐水果和一束花去看她，当时还有另外几个朋友在场，她尽量避免谈及未来，我和她除了问好外，几乎没有对话，她似乎也在避免和我谈及往事，有会儿，她望向窗外，谁也不理，这一幕恍如隔世，我们尴尬地离开，走出医院，我买了包烟，一支接一支地抽，最后恶心地蹲坐到草坪上。五天之后，她从医院的天台上，一跃而下，没有留下任何遗言。她的母亲在她的创作室找到了她的遗稿，一共十二本，六本是手写稿，六本是打印稿，每一页都标注了日期，记录了每天的状态和生活，她的母亲起初以为是日记，最后发现这部遗稿终结于二〇〇七年九月三十日，也就是她死后一年。她像个神婆一样，事无巨细地推算未来，在最后一篇里，她写道：我焦虑地等待这一天的来临，实际上，这一天早已成为我的记忆，这个游戏像病毒一样侵占了我的日子，假如某天，并不像书里所写的那样，我就会感到如梦游一般，如同日历上，不曾有过这么一天。遵照她的遗愿，她的家人将她墓碑上的死亡日期改为了二〇〇七年九月三十日。一年后，我拿到了这部遗稿的复印件，妻子在客厅看奥运会的开幕式，我在书房打开第一本，

第一篇的日期是一九九五年十月一日，这一天发生了很多事，或者会发生很多事，都已不再重要，电视里的播音员说，“日晷发出的时间之光点亮了鸟巢。”我提笔写下这段文字，假如藏着什么秘密，这秘密也只关乎时间。

梦之书

我很长时间都在怀疑，自己是否有能力写好这个倒霉的同行，他的经历太像一篇小说，让我失去了将故事处理得荒诞不经的乐趣。屠嵩是四川人，他从父亲那里继承了一笔遗产，很早就过上了清闲而富裕的生活。在成为作家之前，他是一个古籍收藏爱好者，也是一个古籍破坏者，他喜欢将不同年代的书装订在一起，例如将唐传奇和明清话本重新剪裁拼接，两个相隔千年的作者就合写出了一部新的作品。一些拍卖行得知他的恶行后，拒绝他入场，然而他总能通过委托人获得他想要的东西。我不知道他是什么时候变成一个穷光蛋的，可能是因为医治白血病，也可能是因为委托人骗走了他的资产。他交上霉运后，仍不愿意出去工作，他以码字为生，写版本学理论，写散文，我就是在这时认识他的，他成天盯着被毁坏的古籍懊悔不已，抱怨命运无常，我给他联系过几个下家，不是人家愤怒地离开，就是他不愿意低价出售那些经过改造的收藏。后来，他让我给他列一份外国文学书单，看样子，他是想彻底和过去告别，我把家里多余的书给了他，包括乔伊斯的《都柏林人》、陀思妥耶夫斯基的《卡拉马佐夫兄弟》、海明威的《第五纵队·西班牙大地》、米什莱的《女巫》，还有一套博尔赫斯的盗版全集。过了一个月，他说他读完了乔伊斯、陀思妥耶夫斯基和博尔赫斯，其他扫了几眼，没必要读了。我问他，更喜欢谁，他说，乔伊斯的生活和他现在一样，无聊透顶，乔伊斯写一个人臂肘倚着桌子，双手捧着脸，数着太阳穴的跳动，这个描写让他恶心了大半天，他说，他翻开《卡拉马佐夫兄弟》，就闻到了陀思妥耶夫斯基嘴里散发出的一个冬天没说话的那种臭味，他说，博尔赫斯写了很多短篇，实际上都在重复一个故事——《恶棍列传》里的《双梦记及其他》。他沉默了一会儿说，他想写小说。我给他找了一些兼职：给画展写艺术评论、翻译动画片（依靠翻译软件）、校对，等等，薪酬不高。有一次，我把他带到了家里，让他独自在书房里待着，不到半个小时，他说他有事要离开，这个卑鄙的家伙顺走了我放在书桌抽屉里的钱包，我没有追究，只是再和他见面时提高了警惕。半年后，他把写完的一些小说给了我，大概有十万字，写得不错，我问他，是在什么样的状态下写出来的？他说，他在床边放了一支笔，在梦与梦的间隙，在墙上写下它们。我承诺帮他转交给出版社和杂志，但我没有那样做，仅仅是因为嫉妒。在这组梦境小说中，有一篇叫作《梦之旅》，这篇小说暗含了他生命的结局。主人公Z是一个被失眠症困扰的地理教师，他去看了很多精神科医生，医生开出的药物和疗法不但没有缓解他的症状，反而让他更加紧张，只有一位医生建议他在睡前看一些书。他到图书馆借了《克服睡眠障碍》、《睡个安稳觉》、《失眠调养》和《梦之旅》。最后一部书是手稿扫描本，没有封面，更没有版权页，连作者是谁都不知道，书的内容参照了菜谱的形式——例如“奥维德”这一节，配了罗马、雅典和托弥地图，然后是一堆作品名的罗列，读者需要在床下放一盆清水、在床头放一盒脂粉；“舍尔纳”这一节配的是一八九二年和一九七三年的慕尼黑地图以及德国国防军的重大战役介绍，需要准备的是康德著作、十字勋章、飞机模型和布尔什维克徽章。Z最后才翻阅这本书，先通读了一遍，然后每晚按照书里的方法备齐道具，刚开始Z睡得很浅，他只能看到模糊的建筑，但毕竟克服了第一道障碍，他归还了其他三本书，将这本书续了一个月。有时候他反复做一个梦，直到他称职地扮演了梦里的角色，他的睡眠时间由三个小时到六个小时到八个小时再到十二个小时，他决定辞掉学校的教职，整天都躺在床上。一个月后，他认为自己已经告别了失眠，就把这本被翻得破旧不堪的《梦之旅》还给了图书馆，然后看了一出话剧，和久违的朋友打了一场牌，回到家，他很疲惫地睡了，这个梦很长，有他的童年、青年和中年，醒来后，他无法动弹，回头看到自己的后背被粘在了书脊上。屠嵩写完这些小说没多久就查出白血病复发，在这之前，有件事情我还得老实交代，有天晚上，他跑来问我借钱，他说他看中了一本清末手抄本，价钱很低，转手就能升值，他让我借些钱给他，隔月还我，我没有借给他，我甚至没让他进门。他的白血病复发后，作协张罗了几场募捐，他又贱卖家当和房产，终于凑齐了医疗费，他能做的只剩下等待匹配造血干细胞。他转到了无菌病房，我托医生给他带去了几本小说——安德烈耶夫的《撒旦日记》（封面写着：我，追逐幻影、反抗生活而又无法平静）、梅勒的《鹿苑》和贡布罗维奇的《着魔》，还有他要求的一本笔记本，按照书的折印来看，他读完了《撒旦日记》和《鹿苑》，《着魔》只读到第十六章，在通灵师辛奇出现之前，他就死了。笔记本的第一页留给了《贾科梅蒂的画室》里的一行话：所有的艺术作品若想达到最高境界，必须从创作它的时刻起，穿越千年，带着无限的耐心和专注，尽可能连接起，满是死者的远古之夜。然后，他在笔记本上分七页写了一个女人，以下是原文：她和我很像，就像瓦尔查克和奥霍沃夫斯卡，就像海妮亚和卡罗尔，我见她第一眼（在亚龙湾的海滩或者毛垭大草原，也可能是其他很开阔的地方），就知道她能救我的命，我们互留了电话；我们在某个有腥味的城市又见面，那股腥味很浓，甚至穿透了她的身体，她问我的收入、我的家庭，我告诉她，我有太太和一个女儿（我为什么要骗她？），我爱她们，她说她也有丈夫，但她不爱他，我们在江边坐下来，太阳沉下去，我听到水流的声音，她趴在我怀里，听到我心脉的搏动；我和她发生了关系，就在这间病房，一切都是冰冷的，天花板和墙、监控仪和床、我俩的身体，她说我们犯错了，她说，我抱着她的时候，让她想到了她的父亲，我感到她就要离开我了，我想告诉她，只有她能救我，我没说，我什么也没有说；我睁着眼，等了她一夜，她没有来；我闭着眼，等了她一夜，她没有来；我为什么要等她？为了治愈我的病？为了爱情？别的什么原因？天气很好，我忍着剧痛下床，我低头看到了她，她没有离开，然而我却不能拥抱她。除了写下这个女人，屠嵩还拾起老本行，写了一些碎片研究，我将它们调整顺序，抄写了过来，以下是原文：

最后的释梦人

一九一一年十二月八日，大汉四川军政府都督蒲殿俊、朱庆澜在成都东校场举行阅兵仪式，训话时，受前总督赵尔丰指使的巡防军起哄索要恩饷，有人将子弹射向阅兵台，蒲殿俊、朱庆澜仓皇逃走，巡防军窜入街市，趁乱打劫。收到消息的军事部长尹昌衡率凤凰山百余名新军入城平乱，同时杀进城的还有罗伦的哥老会同志军，两队人马与巡防军对峙。次日，商民跪求赵尔丰撤军，已退位的赵尔丰发布布告：巡防军速到制台衙门受抚，不咎既往。布告落款：卸任四川总督现川滇边务大臣，朱笔画印。巡防军方才回营。三派军官在至公堂商定公选尹昌衡为都督，罗伦任副都督，然而，经过这一出争斗，赵尔丰证明自己仍握有实权。焦灼的尹昌衡梦到他与赵尔丰立下协议，革命失败，赵尔丰饶他不死，革命成功，他放赵尔丰生路，尹昌衡醒来问护卫，自己是否离开过房间，护卫答没有，下半夜，这场梦的结尾是清军平反，他被赵尔丰亲手射出的箭刺死。送仙桥一个算命匠自称盘僚乌格，幡上书楷体"释梦"二字，举城草木皆兵，算命匠的生意冷清了多日，尹昌衡的部下找到他时，他先将卦金收入囊中，尹昌衡将噩梦道出，他用磕巴的汉话说，缴了赵尔丰的兵权，又书一封咒符，再收一份卦金离开。傍晚，尹昌衡令人砍下算命匠人头，要求亲信严守秘密。十二月二十一日，尹昌衡只身往旧督署会赵尔丰，递上世晚手本，虚情假意地请教治民之道，又说，近来处决一个算命匠，非议政事，民间仍有猜忌——赵尔丰拥兵自重，谏劝他将巡防军交新政府接管，换个名号，还是由他支配。赵尔丰一改多疑作风，下了一道手令，交出随他征战多年的三千士兵，道别时，赵尔丰凑到他耳边说，大清亡，民国兴，尚不能预料，一切都在未定之天，望矢志不渝。尹昌衡没有在意这句话，他担心赵尔丰反悔使诈，当晚便持手令，命巡防军驻守营地，不得离开半步，并补发军饷，此时新军已将营地包围。十二月二十二日凌晨，两百名敢死队闯入旧督署，逮捕赵尔丰，押往至公堂审判，赵尔丰只道，尹昌衡曾承诺保他不死，尹昌衡斥其为屠夫，立即处死。

李泰启

李泰启的父亲李海存是民国著名语言学家，曾译介高本汉关于音韵学的多篇文章，一九三九年迁往四川，一九四一年至一九四五年，李海存走访川滇黔夷族聚居地，完成三卷本《夷语借词研究》，这并不是一本枯燥的学术书，李海存通过引证，暗指明清以降，流官制度瓦解夷族文化，一九四九年，李海存病死他乡，他的未竟之作写到了夷语或被汉语蛀空，只留下没有意义的叹词。李泰启生于一九三〇年，建国初期从事民族识别工作，反对将僮族与布依族区分为两个民族，一九五七年参与筹建少数民族语言研究所，躲过当年的整风运动，一方面整理复原古壮文（僮文改称）以及史诗《布洛陀》，另一方面私下将僚人分支重新命名，依据地域、建筑、服饰、图腾以及语音。在李泰启的著述《被分化的僚人》中，他把最初在六盘水牂牁江一带生存的僚人称为盘僚：盘僚有着严格的等级制度，处于金字塔顶端的是首领乌聪，其次是他的四个配偶答刍、夸刍、塔刍、玛刍以及她们的儿子，然后是有着巫师身份的十二乌格，刽子手木查处于金字塔的中间，再往下便是被统治阶层武民和平民以及少量贱隶，这个等级结构并非一成不变，它有着与其他父系文明不同的流动性，乌聪的女儿将下嫁给平民，乌聪亡故后，由乌格从乌聪之子中挑选出一位继任，其他不幸者被贬为武民，木查则有机会升任乌格。这种流动性不仅没有破坏金字塔，反倒使它更加巩固，在成汉时期的蜀黔人口迁徙中，维护了民族的纯洁。盘僚的崇拜是对自身未知部分的崇拜，他们敬重梦和死亡，梦有着死亡和兆示的双重含义，生被死环绕，过往被未来环绕，生理的死亡不是终结，而是在梦境里重生。乌格既是集梦人，也是释梦人，他们将梦境与梦境串在一起，逢重大战役，便会有一位乌格以身易梦，由木查砍下他的头颅，绞去长发做旌旗，武民击铜鼓三日振军心，在那位改变梦境的乌格的护佑下，盘僚人战无不克，空缺的乌格之位由刽子手木查顶替。如同其他民族宗教中的神的使者一样，乌格与木查都必须保持肉身的洁净，无妻室，无子嗣，然而历史恰恰是由这样或那样的错误推动的。李泰启是第一个为盘僚命名的学者，一九六五年冬天，他在雪野静坐一宿后去世。

史料：文明是偶然的

公元二百六十三年，司马昭灭蜀，迁蜀汉将相入晋。公元二百九十六年，西北氐羌起兵反晋，甘南流民由汉中入蜀，公元三百〇六年，李雄在蜀地建立流民政权，国号大成。《华阳国志》记载：李氏据蜀，兵连战结，嗟乎三州，近为荒裔。公元三百三十八年，李寿篡位，改国号为汉，自立汉王，为抵御东晋讨伐，从牂牁郡引数十万僚人入蜀，《晋书·地理志》记载，蜀地十五郡，除新都郡外，均有僚人散布，数量甚至一度超过汉人，从平原到河谷，从山区到丘陵，占地为寇，数次起事反抗中原政权，西魏恭帝、北周保定、北周天和年间规模最大，刺史陆腾、长史赵文表轮番镇压，斩诸僚万余首级，北周建德年间，盘僚迁至陵州，城外发现千余具木笼僚尸骨，武民将其葬于山丘，逢雨后放晴，墓穴便会出现幻景：中原士兵假扮歌舞伶人表演。这是当年陆腾的诈兵之计，被麻痹的木笼僚下山观看，陆腾密令官军突袭，被屠杀的木笼僚魂灵仍在此地游乐。乌格在墓穴上植入新草，次年夏季，长出的新草呈现出不同的规则符号，这些符号是幻景与现实的边界，乌格是行走在边界上的人，他们用这些符号编写出了《咒书》，盘僚文字甫一形成，便是抽象而神秘的，仿佛是造字者从属于文字，而不是文字从属于造字者。最初的《咒书》仅用于推演梦境，隋唐又有了战事记录，五代十国时增加祭祀内容，后来的川陕大旱，再增加祈雨祈福。盘僚人摆脱了巢居穴居的原始生活，也改变了火耨刀耕的耕作方式。

把戏

送仙桥的算命匠多是靠卜吉凶姻缘立足，只有那个凿过齿的男人靠的是三个把戏。他牵着土狗来到送仙桥，不吆喝，不张八卦，歇了一阵子，就从包袱里取出一把开路用的钩刀，往狗脖子上一抹，然后坐到榕树下打盹，等路人越聚越多，这条死掉的土狗又动起来，趴在地上发出时断时续的喉音，有人学着它的声音道了一句，围观的男女老幼哄堂大笑，又学一句，又是大笑，这个声音越来越清晰，最后所有人都听到这条死掉的土狗说的是同志会的口号——路存与存，路亡与亡。这桩怪事很快在少城传开。第二天，闲散的八旗子弟、穿对襟衫的官爷和着新装的革命党也来了，他们都想见证这个丑陋的男人还会耍什么花样。他拿出一页草纸，点燃一盏油灯，不紧不慢地烘烤，草纸褪成灰白色，逐渐有字迹显现，他吹熄了油灯，从人群中挑出一位樵夫，樵夫不认识那些字，就连见多识广的八旗子弟和官爷也不认识，他让樵夫念出来，樵夫不敢怠慢，稀里糊涂地乱读一通，读完，他让樵夫从头再念，赶忙的人离开了，革命党离开了，官爷也跟着革命党离开了，剩下的人说他不过是江湖混混，只有樵夫像着了魔一样陷到了那页草纸里，晌午过后，憔悴的樵夫才停下来，樵夫说，草纸上的故事像是在哪里遭遇过。过了些日子，樵夫给他砍了一担柴，他问樵夫解什么梦，樵夫说，不解梦，樵夫说，买一宵春梦，他向樵夫又讨了五十文铜币。他花了三十文去柿子园的私窝子找了个女人，他让女人躺上床，而自己坐在椅子上，女人见他长相怪异，也就不再多言，女人睡醒后，他仍在草纸上涂写。樵夫再来找他时，他就把厚厚一摞草纸递给樵夫，他说，烧成灰，撒到床下，晚上就能梦见这娼妓了。一九一一年九月八日，赵尔丰关闭城门，剿杀保路同志会，清军滥杀无辜，就是这个樵夫戴着黑箍，赶到城下，冒着枪林弹雨朝城墙上的官军喊，我女人被打死了，我去给她送葬。

残本

1. 清代竹纸木刻，四十五页，长二十三厘米，宽十三厘米，高两厘米，封皮后换，书口开裂，内页有虫蛀水渍，有器皿插图折页一幅（不全），普梅夫旧藏，后由王炳瑞教授从尼波惹使处收购，后者没有道明书籍来历，只说为筹毒资将其贱卖，现存于西南民族大学少数民族古籍文献研究中心。

2. 清代竹纸木刻，三十二页，长二十四厘米，宽十四厘米，高一点五厘米，字迹不清，有修补痕迹，有星相插图折页一幅、类似鱼眼插图一幅，李泰启旧藏，被查抄后由北京市文物局保管。

3. 清末民初手抄本，白棉纸线装，七十二页，边角破损严重，残缺较多，无详细尺寸，撰抄者不详，毛笔竖排书写，右到左移行，假借汉字为主，异字被涂抹，有朱笔圈点，句尾读音押韵，一九八二年，韦庆稳在贵阳从文物贩子手中收购，一九八八年遗失，原件现存于河内民族学博物馆，中国科学院少数民族语言研究所、广西师范大学图书馆有扫描版。

4. 宋代黄麻纸木刻，散页六十二张，长二十五厘米，宽三十二厘米，有城池图（或迷宫）三幅、类似人脑构造图一幅、兵器制作图一幅，曾存于阿根廷国家图书馆（很可能是由太平天国余部带到南美），后出现在利马拍卖会，书内附有豪尔赫·路易斯·博尔赫斯手迹便签一页，现任收藏者不详。

史料：江口沉银

公元一六四四年，张献忠率部杀回四川，旧历八月初九，攻破成都，蜀王朱至澍携妃妾投井，游击将军杨展逃回嘉定，旧历十月十六，张献忠于成都称帝，国号大西，东取汉中，被贺珍击溃，兵力大损。明朝旧臣纷纷起兵，杨展在犍为召集四方土匪和旧党，一鼓作气收复仁寿、简阳、眉州、青神，又与南明川陕总督樊一蘅协作收复叙州，驱逐大西军都督张化龙。公元一六四六年，张献忠亲率大西军顺岷江南下，先锋军直捣嘉定，夜袭辜李渡口，忽见十万幻兵着草鞋立于江面，大西先锋军折回眉州以北。杨展北上追击，双方在彭山江口交战，杨展兵分两翼，一支部队驾舟与大西军正面交锋，僚人泅水将敌船点燃，狂风大作，大火燃遍上千艘首尾相衔的战船，大西军士兵忙于灭火，另一支部队在岸上蹲守，见大西旗帜，枪铳弩矢齐发，恼怒的张献忠下令回击，击沉僚人的木舟，大西军坚持了几个时辰后，被焚毁的战船也开始下沉，张献忠只好舍弃满载财宝的船只而逃，杨展乘胜追击，直达汉州。

分裂

李泰启从另一个角度叙述了江口之战：张献忠成都建国后，盘僚乌格分为三派，一派主张抵抗，一派主张中立，另一派主张投诚大西，杨展派说客相劝，贬斥张献忠纵兵屠城，公元一六四六年，豪格、吴三桂南下，南明旧臣、清朝铁骑、大西农民军都想争夺巴蜀要塞，乌聪选择投靠杨展。同年，大西军顺江而下，抵辜李渡口，大乌格书咒，木查砍其人头，沉尸江心，是夜，上百名盘僚武民身捆麻绳，绳索系着草鞋，逆流而上，草鞋一生二，二生三，十万双草鞋上仿佛立着十万名天兵，大西先遣军被唬退，次日，夸刍失踪，有人说她随大乌格投江而亡，也有人说看到她被大西军掳走，乌聪决意随杨展追击，盘僚士兵举着大乌格发绺制成的旌旗一路北上，至彭山江口，擅水的盘僚人与大西军在岷江水面正面作战，其余汉军在岸上埋伏，乌聪战亡，大西军与盘僚军两败俱伤，杨展只顾打捞银锭，不顾残伤的盘僚人。大乌格留下的《咒书》为盘僚文字添上了最后一抹色彩，幸存的六位乌格打开这封《咒书》，上面书写的内容与战役无关，是一首写给夸刍的情诗，六位乌格处死答刍、塔刍、玛刍，废黜新任乌聪，盘僚分裂为六部。公元一六五九年，清廷四川巡抚高民瞻平定四川，盘僚人开始与汉人通婚，乌格后人与少数会书写的盘僚人靠解梦为生。另有传说，木查砍下的并不是大乌格的人头，而是找了个替死鬼，江口之役后，大乌格带着夸刍北上，后人入钦天监，封保章正，后来流传的一些书籍佐证了这种说法。

不可饶恕的查沃狮

四月一日

一个多月前，我搬到了公墓和火葬场之间的桉树林，这是地板厂种下的，我刚来的时候，遇到了几位伐木工人，用他们留下的废材搭了一间棚子。几天之后，我才发现日历搞丢了。

我不知道什么时候能把日子找回来，于是每天都瞅着火葬场的烟囱，奇怪的是，一个月，火葬场没有接过一单生意。

就在昨天，我还不确定现在是四月还是五月。

山下是滨江路，在午夜十二点之前，会有几辆货车经过，十二点之后，就没有车了，第二天一早也不会有，江边的水雾太大，夏天到来之前都是这样。江上有一艘船屋，住了一对夫妇，有个晚上，老渔夫起来撒尿，他顺着火光看到了我，他当时一定吓坏了。附近的农民在河滩上种了一些蔬菜，有时候，趁着夜色，我穿过寂静的公路，走下阶梯，用鹅卵石搭一个简易灶，烤食那些没有人照管的土豆。

在我离家出走的最初的一段时间，食物是最大的难题，带出来的干粮很快吃完了，等着我的是从未感受过的饥饿。我住在树洞里，肠子蠕动的声音格外刺耳，一场雨过后，我长了湿疹，溃烂的皮肤黏在树根上，我觉得，我会长成一株新芽或者树瘤。体温降下来后，我决定回城里碰碰运气，在一个三岔路口，我遇到了一条土狗，我们一前一后地走了很久，我找到一家二十四小时超市，营业员在睡觉，我在门外站了一会儿，又离开了。那条土狗一直跟着我，有时还跑到前面等我，我把它带到了竹林里，用藤条拴住它，然后回树洞拿出匕首和盐巴。我用竹壳生起一团火，它没有躲闪，反而亮出脖子，那里有一团洁白的绒毛，我放了它，等到火熄灭，我站起来，看到它在土埂上望着我。我在树洞边找到了一个鼠窝，是那种又瘦又小的田鼠，将它打整干净后，往鼠肚里塞作料，再用稀泥包裹住，放进火堆烤，敲碎泥巴，就可以直接享用了，类似的烹饪方法，还可以对付麻雀、水鸭和偶尔偷来的家鸡。后来，我从涵洞下捡回了一口锅，才让饮食习惯回归了文明。

我也搬到垃圾房和烂尾楼住过，来到公墓附近，是因为这里能捞到一些新鲜的祭品。

今天，火葬场的烟囱终于冒烟了，下午，墓地响起了鞭炮声，我从一条小径穿过去，正好看见亲属离去的背影，我走到墓碑前，逝者是个天主教徒，卒于三月三十一日，墓台上放着笔和笔记本，像是教士掉下的。我想，今天应该是四月一日吧。

四月二日

我不知道还有什么值得害怕。

想起来挺可笑，我曾经很怕蝴蝶和飞蛾，尤其是花色的，母亲告诉我，它们翅膀上的鳞粉会让人患上手抖病。那时候，我们住在山上，到了夜里，屋里的灯光会招来数十只飞蛾，它们贴在窗户上，我宁愿忍受夏季的炎热，也不肯推开窗户，我总是梦见飞蛾从缝隙钻进来，一只又一只，鳞粉如雪花一样掉在我的床上和身上。父亲为我做了一扇窗帘，我将它拉上，睡了几夜安稳觉，我伤感起来，不知道飞蛾是否还贴在那里。我鼓起勇气，拉开窗帘，窗户上什么也没有，即便整夜都开着灯，也不见它们的身影。天气凉快下来，母亲做了一碟炒豆，那天晚上，我渴得难受，就起床到水缸舀水喝，一只昆虫在我嘴里扭动了几下，被我吞了下去，也许是一只蜻蜓，也许是一只蝗虫，但我始终怀疑，那是一只蓝色和紫色相间的蝴蝶。

我曾经也怕蛇。祖父丧命于银环蛇之口，他被咬之后，用开路刀剜掉伤口，敷上三叶青，将裤腿裁开，系在小腿上，走了五里路，才倒到灌木丛。他们找到他的尸体已经是四五天之后，脸上的肉被老鼠或者穿山甲啃掉了，他们在原地挖了个坑把他埋掉。在那之后，他们攀山都会备上打蛇棍和蛇药。三伯则丧命于竹叶青之口，这种蛇的毒性小些，他在炉灶旁拿木柴时被咬，随手便把它打死了。蛇医给他开了些药，他服了半个月，伤口溃烂结疤，以为已经痊愈，但是到了下半年，他的体质越来越差，最后卧床不起。我们去看他，他握着我的手，他说，他打死了一条家蛇。他的死亡是缓慢且难以察觉的，呼吸与热量一点点散尽。峡谷里的猎熊户捕过一条幼小的过山风，他用笼子把它养起来，喂它吃泥鳅、老鼠和腐肉，过山风逐渐没了蛇性，他甚至把它取出来，陪一岁半的儿子玩耍。有一天，他在苞谷林守一头老熊，凌晨四五点，他的手颤抖起来，他把枪挎到身后往回走，越走越觉得不对劲，到家的时候，他看到蛇笼被打开了，女人躺在地上，儿子不见了。有人说他的儿子被生吞了，也有人说被叼到蛇窝去了，我没见过猎熊户，不知道这个故事的真假。人在饥饿的状态下，是没有敬畏之心的，我住在树洞的那阵子，吃尽了周围的乌梢蛇，连蛇蛋都不放过。

在大瓦山，我还怕豺狗、山豹、獾猪、棕熊，这些家伙在这里很难见到，连刺猬和野兔都很稀罕。我倒是见到过一只臭鼬，它发现我之后，一个翻身钻进了地洞，我往里头灌水，等了半天也不见踪影，最后在十几米开外，找到了另一个洞口。臭鼬也是稀罕的。

住在墓地旁边，我还应该害怕幽灵。只有极少数人能看到它们，据说同真人没什么区别，轻飘飘的，没有重量。今天下午，我在道班的工棚搞到了点吃的，然后到墓地溜达消食，每块墓碑上都写有他们的出生日期，从一九〇八年到一九九二年，我仿佛走过了一个世纪，最后我坐到其中一块墓碑上，等着晚霞铺到远处的山坡上，我清楚地看到，有些东西在下沉，另一些东西在上升，它们逐渐混杂到一起，又一点点散开。有一刻钟的时间，我感到很美妙，什么也不用想，我对着晚霞笑起来。死亡是幽默的。我想起六岁那年，母亲又怀上一个孩子，我正好到了该念书的年纪，我们已经没有捕猎指标，父亲每天把羊赶到草坡上，很晚才回来，一头母羊跑丢了，他谎称是被赤狐咬死，拿到指标后，他出去寻了几天，空手而归，他们开始争吵，吵过之后，父亲摔门出去，母亲说，他去日野女人了，她经常摸着肚子自言自语，后来，父亲借钱把我的学费交了，开学第一天，我起了个大早，刚打开门，就发现皂角树下有双发亮的眼睛，我赶紧叫醒父亲，两声枪响过后，那条赤狐终于到手，他把狐皮剐下来，拿到县城卖了，放学回家，我们饱餐了一顿，母亲躺床上，又在自言自语，她抱怨满屋子的臭味，抱怨再打一百头狐狸也不够，或者还说了其他，我忘记了，我只记得，父亲拿起枪，用枪托在她肚子上擀，她疼得直哭，几天之后，那个孩子就掉下来了，父亲把它埋到了皂角树下，秋天的一个周末，母亲坐在树下织过冬的衣服，我从门缝看到她放下织针和毛线，耳朵贴到地上，咯咯地笑出了声。

四月三日

今天，来扫墓的人多了起来，我去捡了几瓶二锅头和半包烟,洒了一瓶在板屋周围,又拿了一瓶到桉树林,一边喝酒,一边等着扫墓的人离开,好过去清理他们留下的食物。

吃饱后,我在吊床上睡了一会儿,酒精在胃里翻腾,也许喝到了假酒。

林子起风了,我听到脚步声,踩在落叶和荒草上的脚步声,既不走近,也不走远,起初我以为是护林员,侧身去看,只有斑驳的日光落在地面,也可能是野狗或者野猫或者耳蜗里的血流声。

酒精带着我进入一场梦境:撵山狗把母獾赶到了洞子里,我拿着猎枪追了进去,可是我没有找到母獾,当我刚跨出山洞,脑门正中一枪。我醒来后,胸口发烫,后背是一层层的细汗。

我从吊床跳下去,拿起酒瓶又喝了一口。山下停满了车,坟前站了一堆又一堆人,我坐下来,抽那半包烟,由近到远地看过去,猜测墓中人与他们的关系,没有人哭,所有人都在笑,似乎在跟墓中人开荤段子。

我还记得,父亲下葬时,他们启开棺材,让我再看他一眼,里面只有几件他穿过的衣服和一张豹皮,这是他一生的荣耀,棺材被盖上,往墓穴降,母亲让我哭出来,我就使劲眨眼睛,我不知道父亲是不是死了。那一年,村干部挨家挨户没收枪支,父亲藏了一杆,双管猎枪被他藏在猪圈里,在他失踪前一天,他闩上门,在堂屋里一遍遍地擦拭它。他什么也没跟我说,但就是那个下午的场景,让我相信,父亲没有死。一年后,母亲和几个叔伯为他树了一座衣冠冢，我站在墓前，认为这只是父亲的伪装术，就像他打猎时在身上挂满枝条。

我又喝了一口酒。他们打扫墓台，摆上鲜花和祭品，然后一排排鞠躬。酒已经见底，我也许会喝死在这里。像是商量好似的，他们成群结队地往山下走，欢笑稍纵即逝，一种沉默与另一种沉默对峙。

父亲被宣告死亡后，幺伯来得更勤了，有时候带来一条野味，有时候什么也不拿，他让我坐到门外的台阶上。那年的冬季，我好几次看到一个人从迷雾中走来，蹲到土丘后面，我以为是背着猎枪归来的父亲。终于，他朝我走过来，我激动得快哭出来，我没有看到猎枪，也没有看到端着枪的粗壮的手臂，而是看到披着长发的幺娘，她用斧子劈开房门，幺伯正在拍打母亲肥大的屁股，斧子砍进了他的肩膀，鲜血溅到母亲的脸和乳房上，迅速凝固，成为她放荡的印记。父亲出走两年后，我们在一个深夜搬离了大瓦山，母亲一手提着木箱子，一手牵着我，一直走到县城，她才告诉我，我们不会再回去了。

最后一辆车的车灯远去，守墓人上来巡视了一圈，浇灭余下的火星，我走到那些下沉的东西和上升的东西的交界处。

接下来几天，我都不用再为食物发愁，但我不知道应该感谢谁。

四月六日

前天我连起床的力气都没有，昨天也是，应该是酒的缘故。

今天好多了。

在墓地后面，有一条河溪，这个季节河水还很浅，河床露了出来，我沿着鹅卵石往上走，走到红石桥下，几个老人在桥上抽旱烟，我穿过桥洞，一个着旧式中山装的老头才问我是干什么的？我说找东西。他们都笑了，转过一道河湾，还能听到他们的笑声。

我想不起上一次与人交谈是什么时候？

母亲的第二个丈夫去世后，她喜欢上养猫，最多的时候有十来只，她给每只猫都取了名字，最老的一只叫花斑，它原本是纯白色的，误食鼠药后开始掉毛，裸露的皮肤如同斑点。我们以为它会在那个冬天被冻死，为了避免它悄无声息死去后，腐烂在家里，我每天都去拨弄它一下，它总是发出绵软的喵喵声。难得的一个晴天，它从猫窝里立起来，四条腿打得笔直，除了身上已无体毛可以御寒，跟其他猫没有什么区别，它慢悠悠走到门口，跳起来拉下门把手，然后走了出去。母亲回来后，我告诉她，花斑走了。她没有说什么，她以为它死了。当天晚上，我梦见花斑爬上了门前的树，在那里熬过了寒冷的夜晚。第二天，我也离开了家。

也许，后来我还跟人说过话，我偷过工地上的钢材，卖给废品回收站，第二次再去偷时，让蹲守的人捉了个正着，无论他们问我什么，我都没有吭声，他们把我绑在脚手架上，晒了一天，傍晚，一个老工人替我解开了绳子，让我走，我跟他说了声谢谢，或许没有。此后很长时间，我都把自己当成一个哑巴。

其实，打小我的话就不多，转学过后，由于口音，受过欺负，就更不愿说话了。

身体开始膨胀的年纪，我喜欢上了班上的一个女生，每天放学后，我都在她的抽屉里塞一封不署名的情书，过了一段时间，她还是猜出了我。我们结伴回家，一路上不说话，顶多在分别时道一声再见。放假那天，她往我家里打了一通电话，母亲接起来，说是找我，我拿过听筒，她说她偷了父母一笔钱，我们可以去坐火车，她向我描述平原和高架桥的模样，还说我们可以在火车上抽烟，和陌生人打牌，住进同一间旅馆，最后她说，她是为了我才偷钱的。我盯着窗外的烟囱，她挂断了电话。母亲问我是谁打来的，为什么不说话？我说我听不出是谁。

河溪两畔是竹林和油菜花地，一辆殡车开过，车屁股挂了一串鞭炮，鞭炮引来了几条看门狗，我佯装俯身捡石头，吓跑了它们，然后从阶梯走上去，一只红嘴雀在蹦跳，再前面是一个卷发女人在赶路，我吹了一声口哨，红嘴雀飞到了天上，女人没有回头。

我也不知道书写的意义何在，我把句子朗诵出来，听众和读者都是我自己，或者假想的另一个自己。我最初学会的汉字是我的名字，学会的第一个句子是向别人介绍自己，这些东西在大瓦山不管用，管用的是紧跟猎物，然后举枪瞄准。

刚转学的时候，我认识的汉字不超过一百个，语文老师让我到她那里补习，她的丈夫是中医，我的启蒙课本是《本草纲目》，学期结束时，我的作文得了满分，因为我写了很多老师也不认识的字。第二学期，她给我读《红楼梦》和《刺客列传》，我掉进了一个安排妥当的世界，一切情感和事物都可以找到对应的语句表达。小学毕业前，我在《语文报》发表了一首诗，报纸寄来后，县上奖励了我一套精装的外国文学名著，母亲把这份报纸裱起来，挂在墙上，但不久后，我们又搬了一次家，忘了带走它，我只记得，那首诗写了一些稀奇古怪的花鸟虫兽。

进入初中，我开始读勃朗特和奥斯汀，雨果和海明威，我开始虚构自己的生活，并且立志要成为一个作家。如果不是十四岁时遇到的那次危机，我大概会以文字为生。那天下午，水库捞起了一男一女，尸体已经泡涨，放学之后，我们就往水库去看热闹，一路上他们都在议论淹死的是谁，大坝上围了好几圈人，我从大人的胳肢窝钻过去，两具尸体都是屁股朝天，像两头被烫死的猪，在我们的怂恿下，捞尸人走上去，把他们翻了过来，我看到她的肚子高高隆起，遮住了光秃秃的阴部，那一刻的感受，在任何词语之外。

女人穿了一件灰色的长衣，袖口有几处油斑，我跟着她。回到红石桥时，那几个老人看也不看我。我离卷发女人越来越近，她喷了廉价香水，她一定听到了我的脚步声，但她仍没有回头，她在赶路，得在某个时间之前，赶到某个地方。

卷发女人走到了墓地下，她没有上去，在下面站了几分钟，我躲在一棵树后面瞧着她，我想象着把她扑倒在地上，脱掉她沾有油渍的长衣，她低头的时候，我看到她半张脸，说不上漂亮，像那个约我坐火车的女生，像烈日下，她被翻过来的样子。

四月七日

在我住的地方往西一两百米，有片土踩上去是空的，我以为是附近农夫藏的东西，用自制的工具挖了几尺深，再往下就挖不动了，我又把土覆上去，在上面跺了几脚，还是会传出闷闷的回响。

我很小的时候幻想过这世上有无数条地道可以通往任何地方。

父亲带我钻过一次溶洞，那是穿山的捷径，他在前面拿竹竿撑着洞壁，三伯在后面举着火把，越往深处走，光越暗，火把最后总是会熄。父亲和三伯的呼吸在洞窟里乱撞，再撑几竿子，才能看到顺水流过来的光，那口溶洞吞了好几条人命，有像我一样大的小孩，也有像父亲一样大的壮汉，他们迷失在里面，耗尽空气。那时候我就想，他们只是走到了另一个出口，从火把熄灭到见到第一缕亮光之间的水道，被他们称作鬼门关，这段水道经常出现在我的梦境里，我们像那些被吞掉的人一样，永远都撑不到尽头，在梦里，我就那样度过了一生。

有一些地道是人工的。我们刚搬到县城的时候，寄居在舅奶家，母亲说，她好几个儿女都死了，可是我们离开她家时，她仍活着。那栋破败的房子夹在一排木房中间，她住的屋子没有灯，地上铺了木板，踩上去咯吱响，只要她不在家，我就跑到她的屋子里玩耍。里面有一张老式的八步床和几件废弃的家具，墙上挂了一张全家福，我看不出哪个是她，或许她没有在照片上。有一次，我踢到翘起的木板，摔了一跤，我发现那块木板竟然可以撬开，下面有半米高，我又撬开邻近的几块木板，蹲下去，再把地板复原，那股气味几乎把我熏晕过去。没一会儿，老太太走了进来，嘀嘀咕咕说着什么，声音渐渐模糊，她掉到梦里去了。我忘记我是怎么出来的，一条条沾着灰尘的光从地板缝隙漏下来，地道延伸到很远，我没有往前爬，我不知道它会通向哪里，老太太不再说话，呼出的气比吸进去的气更长，我以为她快死了。后来我才听说，地道是宋希濂部队驻扎时修的，连通着每栋房子的里间，我闻到的恶臭是死耗子或者内战时遗弃的粮食散发的。

还有一些地道更为隐蔽。母亲偷了老太太一块玉手镯，在被发现以前,我们从她家搬了出去。卖掉手镯后,母亲租了一间门市,卖化妆品和内衣,她请人隔了个角落,摆了一张行军床和木板床,事实上,只有我睡在那里。晚上,母亲在隔壁的舞厅工作,她和那些女人都认识,她们常来照顾生意,我被当成了隐形人,有时候写着作业,抬头便看到一个女人在试穿新到的内衣。当时还没有电话亭,母亲找到了新的商机,她安装了一部公共电话,女人们就靠着这部电话和主顾保持联络。为了方便接听打进来的电话,我母亲又在隔间装了一部分机,很偶然的一次机会,我接起听筒,听到了私密谈话,我已经记不起他们说了什么,大概是些低俗的玩笑。我喜欢一个叫小铃铛的女人,她不愿意接客时,就躲到我们这里来。母亲和一个摩的司机勾搭上了,我们四个人在铺子里打扑克,输了往脸上贴纸条,有一回,摩的司机的脸贴满了纸条,小铃铛找不到地方下手,我们四个人都笑起来,笑着笑着,母亲板下脸,摩的司机和小铃铛也僵住了,我们的头顶是一盏钨丝灯,那是我见过的最美的一张脸。我留意过和小铃铛往来的男人,看到过同学的父亲,也看到过学校的老师,据说有不少人想娶她,但她不肯。她很少打电话,也可能是我很少偷听到她的电话,我印象中唯一一次是一通长途,他们用方言说了十多分钟,那边的音量突然抬高,小铃铛哭了起来,有一瞬间,我想我是不是该安慰她,急促的忙音响了很久,她才挂掉电话。一个月之后,小铃铛走了,也是那段时间,摩的司机成了母亲的第二任丈夫,我们在同一条街租了一套两居室的房子，透过窗户还能看到舞厅，母亲已经不去那里了，门市也转给了别人，我偶尔会听到他和我母亲做爱的声音，每次我都会想到，他也嫖过小铃铛，这让我很难受。小铃铛又回来过一次，她坐在舞厅门口打麻将，瘦成了一把骨头，母亲说，她染上了白粉，没几天，她就彻底消失了。关于她的传言有很多，有人说她死了，也有人说她嫁人了。只有我知道这一切都和那通电话有关，不是那段我一个字也没听懂的对话，而是那头挂断电话后，她在话筒里的抽泣。

四月八日

谁会相信呢？四月七日，写完东西，我就把纸和笔放在了枕头边，那时候大约是晚上九点或者十点。

我梦见我走进一条两边都是围墙的巷子，巷子呈三角形，逐渐变窄，走到尽头，我用手撑着围墙，往上爬，一个纵身跳了过去。那里是一个游乐园，人工渠从正中穿过，左边是游乐设施，右边被铁丝围住。我惊奇地看到，木马、碰碰车、海盗船甚至是过山车都运转起来，上面一个人也没有，我没玩过这些，即便在生活改善之后，母亲依然以危险为由拒绝了我的请求。在一圈圈高速旋转之后，我坐上了摩天轮，摇摇晃晃地升到半空，强大的失落感涌上来，这座城市展现出它丑陋的全貌，它比想象中要小，小很多，并且在不断萎缩，我是指，在下降过程中，不断萎缩，如同一朵花正在闭合。我跨出厢门，最后一盏路灯也熄了，我意识到我在做梦。黑夜还很漫长，翻过刺绳，两三头骆驼在树下酣眠，简易棚里传出鸣叫和扑打翅膀的声音，我的心跳突然加快。

农历的三四月间，成群的白鹭在大天池滞留，整片湖面都被白色的羽毛覆盖。捕杀白鹭的代价是拘留十五天，没有人敢冒风险，尤其在光天化日下。大概是白鹭迁徙前几天，父亲带我到大天池钓鱼，我们在坳口甩了一天的晃钩，只钓起几条三寸长的草鱼，通通被他倒掉了，他让我守着渔竿，回来时，提了小半桶鱼鳅，撒了几条在泥滩上，别的钓鱼的人陆续离开，几只白鹭向我们靠近，又等了一阵，渔船也收网靠岸，父亲把剩下的鱼鳅都挂到了钩子上。我站到高处放哨，我看到饵钩抛向了泥滩，白鹭观察了一会儿，放松了警惕，开始啄食，我屏住呼吸，终于有只小白鹭被挂住了，父亲拽住钓绳，它在反方向拉扯，羽毛沾满了泥浆，其余的白鹭叫了几声，贴着水面飞到了对岸。父亲招呼我回去，让我紧紧握住渔竿，他脱掉鞋子，跳了下去，捏住小白鹭的脖子递给我，我摸到了它咕噜噜的叫声。父亲把它装到桶里，用衣服盖住，我扛着渔竿走在后面，我们身后响起鸣叫，我回头看到壮观的一幕，几百只白鹭振动翅膀形成的风浪搅动着湖面，落单的一只在大天池上空盘旋了一阵，也飞走了，我们与白鹭背向而行，父亲的腰上别了一把自制的火铳。

我朝简易棚走去，里面有没有这出惨剧的见证者？

这时候已经有了日光，是黄昏，不是黎明，我越往前走，梦境离我越远，在我醒过来的瞬间，我见到了那把火铳，它像鱼钩一样，插在土里。

谁会相信呢？四月七日，写完东西，我就把纸和笔放在了枕头边，那时候大约是晚上九点或者十点，现在大约也是晚上九点或者十点。

四月十二日

日子单调地重复着。地板厂的生意在衰败，伐木工过来的次数越来越少，他们遗留了一把弓锯，我改了几块木板和四根柱子，将木屋搭得更结实了，为了让它更隐蔽，我去弄了藤条和爬山虎，铺在屋顶或者插到地上，雨季到来时，这间木屋就会隐身于茂密的桉树之间。

我的木工活儿是父亲教的，他教我做插鱼的矛和射鸟的弹弓，他什么都会做，我怀疑连我也是他用锯子拉出来的。

过去三天，墓地来了五位新客人，六十二岁的兰丽娟、六十九岁的赵建龙、二十八岁的白文巧、五十七岁的王松春和二十二岁的徐萍，最后两位几乎同时搬进来，这里就像一个永不闭幕的剧场，铁匠、商贩、屠夫、水手、司机、毒贩子、小偷、理发师、聋子、哑巴、先天绝症患者轮番担任主角，之后不再上场，没有人能写出如此庞大且平静的剧目。

在我的成长经历中，各种各样的死亡伴随着我，它们是咆哮的、震颤的、浑浊的甚至是讽刺的，鲜有平静的，尤其是在目睹死神临近的状态下。

母亲的第二任丈夫，也就是那个摩的司机，与母亲结婚后的第五个月死于街头。我们不了解他的过去，也不知道他每次出门都会在裤带上别一把菜刀，按照别人的说法，他混迹帮派时就与那个人结下梁子，他们在理发店相遇，一方拿着甩棍，一方拿着菜刀，沿街追打，他并没有往对方要害砍，理发师说，有一刀已经挨拢颈项，他收手了，甩棍敲中他的天灵盖，他倒在地上，一动不动，他看到了死亡，不仅看到自己的死亡，还看到另一个人的死亡，由此看到了与死亡有关的过去和未来。

我在一本书里读到过更为精准的描述：神是对死的恐惧中产生的痛苦。人与动物或者人与神或者人与植物或者人与家具或者人与墓碑最为明晰的分界便是这种恐惧。

当时时兴押重刑犯游街，公判大会借用了我们学校的操场，原本还安排母亲去讲几句感谢之类的话，她没去，当天她给摩的司机上坟去了，我借故留在家里，又偷偷溜到了学校，像我那样大的孩子不允许旁观，我们骑到围墙上看。在一番冗长的讲话后，五花大绑的罪犯轮番被押上去，第一批四个人，都是流氓罪，第二批六个人，有强奸犯和抢劫犯，罪刑渐重，台下的人夸张地耻笑，第三批有一个无期两个死刑，法警象征性地往死刑犯背上插上画着红叉的犯由牌，当老人们被搀扶着走到罪犯身边，耻笑的人才意识到这不是一出滑稽戏，那个打死摩的司机的男人忽然跪下去，磕了三个响头，他说了一句话，被迅速拉走，其他人也被拉上了卡车，随后的游行我没去看，我战栗着回到家，往身上泼了好几盆冷水。

至今我也想不明白，那个凶恶的死刑犯说了什么，会让法警感到不安。我对这个行将走上刑场的杀人犯充满了怜悯，对摩的司机的尸体却是冷漠的。

一年后，我考上了市里的高中，我们又一次搬走，头两年的清明节，母亲会在楼顶给父亲和摩的司机烧纸钱，后来只给父亲烧，我们谈起过一次摩的司机，是在我与她争吵过后，她说，摩的司机为了骗保，在我的蘸碟里下过药，被她倒掉了。她又交了几任男友，没有再婚，我想，不是出于对父亲或者摩的司机的怀念，而是别的——迷信之类的东西。

我头顶挂着的这盏油灯摇摇晃晃，就要下雨了，面朝着坟岗，我终于感受到了那种宗教般的平静。

四月十八日

能否创作出这样一部作品？它是极致的纯粹，不为权贵和底层发声，不依靠载体，没有墨水或者颜料，没有词语和修辞，没有焦点或者高潮，没有假设的读者与观众，它是不可记录的，是即时的，像白日梦，像瘾君子的幻觉，而且是非线性的，裹成一团迸发出来。

我怀疑，我正在创作这样的作品，它们就在记忆的空缺处。

伟大的传承。

据说是从外祖祖开始的，她与丈夫往来于川滇做药材和鸦片生意，清帝退位那年上了山。有说是她丈夫去烟馆交货时被掳走的，也有说是被她男人卖掉的。这个小脚女人逃跑过几次，每次都是自己找回来，哭上几天，又酝酿着下一次逃跑，她一辈子也没搞清哪条路可以通往县城。后来，她一个接一个地怀孩子，一共是十三个，她也分不清这些孩子是谁的，六个男娃给了阿莫，自己养了两个女娃，剩下的抱给了汉人。她学会了几句简单的彝话，带着两个孩子在草屋周围做记号，这些记号一点点往山下延伸，没有人再阻挠这个年老色衰的女人，可是她自己却病倒了，卧床数日后，她忘记了那些记号的含义。晚年的她说着一种既像彝话又像汉话的语言，十三个孩子夭折了五个，活下来的八个要么先天白痴，要么精

►

神障碍。外祖母是最后一个显露出来的，她被山上的汉人收养，十二岁就下县城帮大户人家做工，十四岁嫁给了他们家的独子。共产党打进县城前夕，她帮着打包家当，装了六辆驴车，与外祖祖不一样，她眼睁睁看着丈夫走远，这户颇有声望的人家带走了所有东西，唯独扔下了她，他们将一路向南，随国民党军队流亡到缅甸。她终日弹拨口弦，抒发怨恨与思念，在来年的火把节上，借此认识了我的外祖父。外祖父退役后入赘到山上，他们过了几年的太平日子，随后因为外祖母的问题，外祖父也被抹消了功勋，一同关进了牛棚，母亲就是在那段艰难岁月出生。在母亲童年的印象里，外祖母并没有什么不同，甚至比普通女人更贤惠勤劳，然而她还是没有摆脱诅咒。翻地时，她捡到了一块铁皮，开心得像个小女孩，吃过晚饭，她拿出铁皮要向他们演示口弦技巧，他们没有听到动人的乐曲，却看到她气恼地将锋利的铁片割过嘴角。从此伤疤与她为伴，从嘴角到耳垂，从手腕到脚踝，谁也数不清她划了自己多少刀，他们铐住了她的双手，以为这样就能让她消停下来。在一次批斗大会上，她忽然面带微笑地抬起头，张开嘴巴，仿佛能吞下一颗人头，她尽力让远处的人看清她的杰作——半截舌头掉到了地上。

世代相传的不只是噩运，还有全身心的复仇和暗藏的幽灵，母亲将卷入其中，我也将卷入其中，它们在母亲与猫的凝视之间，在空缺的日记里。

四月二十日

我又看到她了,那具腹部朝天的尸体,那个喷着廉价香水的卷发女人,她蹲在一块墓碑前,浑圆的屁股对着我,皮裤把股沟和阴唇都暴露了。

我离她很近,近到能看清她烧的是一封封信,我想操她,连鬼都想操被火光映照着的女人,离她几步之隔还有一对父子,我失去了理智,回头去找匕首,我盘算着,利刃抵住她的脖子,她要敢叫喊,就捅一刀子。

这注定又是一场意淫,装匕首的盒子里什么也没有,而我竟然想不起在哪里弄丢了它。

当我再回到看到她的地方时,墓碑前只剩一堆灰烬。女人对我的捉弄以及匕首的丢失构成了绝望的下午,我检查过四周,没有人来过,它像冰一样化了。

现在,我稍微平静了一点,它不会带来什么麻烦,也不是什么不祥的征兆,我重复说着,就像小时候念叨那些不愿发生的事情。

这把匕首是我用一块手表换来的,手表是我花了一学年的助学金买来的。

那所高中的校风和成绩并不像他们承诺的那样好,五分之一的学生可以考上国防生或者空军或者体育特长生,五分之一的学生去当兵，然后考取军校，剩下的学生上个专科都够呛。学校建在离这里三十里远的新区，那时候是一片荒地，我们每月放一次归宿假，其余时间是军事化的管理。

有些学生翻墙出去买东西，再到学校转手卖，我们甚至能够通过几个本地学生买到酒和香烟。每天的生活都无比漫长，在严酷的校规下，中等生靠恋爱打发时间，差等生则成天打斗，学校分成了两派，一派是从少数民族地区来的学生，另一派是地头蛇，仇恨纵横交错，随时可能因为小事而大打出手，我认识几个少数民族的头子，被迫加入他们的队伍。

在和平时期，我像汉奸一样羡慕城里的学生，他们什么也不在乎，无论是成绩还是身体，我和他们一起抽混有头痛粉的红塔山或者喝兑了阿司匹林的烈酒，我偷偷告诉他们我认识的几个头子的秘密，在后来的几次交锋中，他们把这些秘密编成顺口溜来辱骂我们。

第一学年结束后，我想在外形上更接近本地人，而不是一个少数民族地区来的学生，于是我买了一块卡西欧的电子表，让我哭笑不得的是，学校果然在第二学年取消了我的助学金，原因是我的成绩从班上的第二名下降到了二十名左右。

第二学年，寝室搬进来一个插班生，又瘦又高，我管他叫竹竿，后来觉得叫猪肝更有趣。他比我们大两岁，据他所说，他生病休学了一年，我们都认为他是由于不良习惯被其他学校开除了。他刚来没多久，我们都掉了钱，我掉了几十块，有人掉了整一百，他说他也掉了，但他说的数字前后矛盾。一个月之后，上晚自习时，我看到他的座位是空的，于是我借口不舒服，提前回寝室，隔着门上的玻璃，我见到他在翻我的柜子，我抖动钥匙，他听到了，尴尬地望出来，我什么都没说。从那以后，我再也没掉过东西，别人指责他时，他就看向我，求我替他说话。

我们真正建立起友谊，是在他发现我写诗以后。实际上，我刚入学就在写，多的时候，一天能写十多首，第二学年我已经写了上千首诗，扔了一些，在柜子里还留了一些，所以当他问我是不是想当诗人时，我一点也不意外。我以为他会嘲笑我，握着这个软肋和他做交换，然而他却告诉我，他也在写，不过写的是古体诗。他找出来给我读，让我很意外，他写得比我好，意象是新的，格式是旧的，我劝他抛弃韵脚，尝试写新诗，他拒绝了。他的下流让我很着迷，他坐在最后一排，课桌被他敲了一个洞，丰满的英语老师上课时，他就把鸡鸡塞到抽屉里手淫。他还引着我去图书馆偷书，我向管理员询问生造的书名，他尽可能多地把书藏到书包里，我们有着相同的兴趣，除了小说和诗，还狂热于地理和历史，剩下的杂志和散文书，我们把图章刮掉，以最便宜的价格卖给其他人。

第二学年的下学期，我不再参与打斗或者充当内鬼，我和猪肝越走越近，班上有人说我们是同性恋，刚开始，我并没有在意，渐渐地，我体会到了那种特殊的感觉。有天晚上，我梦见他在我耳边吹气，亲吻我，而且我还晨勃了，我对他产生了一些反感，但还不至于疏远他。

我彻底厌恶他，决定与他绝交是在第三学年的第一周。午休时，他把我摇醒，我看到他油腻腻的脸一阵阵犯恶心，他用喝剩的酸奶玻璃瓶套住鸡鸡，拔不出来了，他让我帮他，我没有照做，也没有骂他。下午上课时，我把他的事迹告诉了其他男生，并当着他的面叫他鸡奸犯，他没有还口。

我们不再说话，甚至连眼光都躲着对方，他规矩了一阵子，又旁若无人地手淫，连女生也知道了他的习惯，她们在课堂上窃笑，希望引起老师的注意，尽管我不愿承认，但我的确理解了他为什么要写格格不入的古体诗。

我已经预料到要出事，我的心思卑鄙而复杂，盼着他明天就搞出大动静，却又替他感到难堪。到了冬季，陆续有同学离开学校去参加体训，我考虑最多的两个问题是：我能否考上大学？我能胜任什么工作？为了让自己心安，我熬夜弥补荒废的学业，寝室十二点熄灯，我把椅子搬到走廊，借廊灯复习功课。有天凌晨一点过后，我看到猪肝从走廊另一头的窗户翻进来，他根本没看我，就回了寝室。

经过几次后，我确信他是故意的，故意朝危险撞去。

新旧年之交的晚上，当我听到女生宿舍的一片尖叫时，我长舒了一口气。他们裹着被子，挤到窗口，而我则回到床上，剧烈地抚弄生殖器。他最肮脏的作品不是写在色情漫画上的诗，也不是留在抽屉里的精液，而是在新年到来的一刻，朝正在洗澡的女生身上吐了一口浓痰，然后等着惶恐的她找到讪笑的脸。

第二天他没来上课，第三天也没上课，他们回宿舍时见到了他，我是在教室听说的，十几个男生抬着他正往化粪池走，整栋教学楼几乎空了，我坐在原位，冷得直打哆嗦，我想，我不会有出路，猪肝也不会有出路，他比我更糟糕，惊呼和掌声传来，诗歌也拯救不了我们。

我没有再见到猪肝，我回寝室时，他的父母已经过来搬走了东西，他留下的痕迹都被清扫干净，高温消毒。

这件事情发生后，我把手表给了货郎，让他给我找把匕首，那把短而锋利的匕首被我压在枕头下，每当躺下时，我就在假想，怎样又准又狠地刺向致命处，不过，在剩下的半年中，它并没有派上用场。

那女人是谁？除非我再遇见她，否则就是个谜。她祭奠的人叫顾明全，四月六日下葬，如果我的日期没有记错，今天正好是二七，墓碑上的照片很年轻，大约三十岁，那女人兴许是他的妻子，这么一想，我有些兴奋，当然，也有些难过。

四月二十六日

早晨五六点钟，桉树林西边着了火，烟不是太大，但我害怕火会烧过来，到河溪畔的竹林地躲了一会儿，也就半个小时，火被扑灭了。

我再回来时，地上有许多脚印，床被浇湿了。我敢肯定，他们故意掀开门帘，拿着水枪往里喷，一根承重的柱子翻倒在地，屋顶随之倾斜，庆幸的是，他们没有进来过，我的书和画垒在原处，没有被翻阅，笔记本夹在中间，只有四边被淋湿，我拿在手上，又跑回了竹林地。

他们会回来看我的笑话，他们一定会这样，在竹林地，我下定决心，打一条地道，构筑我的地下居所。

下午，我就去找了一把铁锹和铁镐。

今天不是动土的时机，得先修复棚屋，重新锯一根柱子支起来，屋子现在不能住人，还好有条吊床。气候返了寒，从溪谷刮来的风拨动着叶子和枝丫，山雀在其间嬉戏，不见踪影，鸟屎如雨点一样落下来。我在身上盖了好几件衣服。这些天，我老是觉得有东西遗失，不只匕首，还有不常用的东西。

在这里住不长久了。

大前天凌晨，两点或者三点或者四点，我第一觉睡醒，睁开眼望着屋顶的缝隙，也许看到了一弯蛾眉月，我突然感到自己是空的，近乎完全的感觉，完全在梦里或者完全清醒，一点也不含糊。

在两条缝隙里，我看到一双火焰般的眼睛，一开始我也以为是星星，可是这双眼睛离我很近，很快我便意识到它整个身子都趴在屋顶，身长有两米。

我撑开被子，让身躯显得更庞大。过了很久，它才离开。

到了白天，我爬上屋顶，在藤条和枯叶间，有结实的脚印和金黄色的体毛，木头上留下了新鲜的爪痕，它是刚来的入侵者，这一带不会出现如此凶猛的动物。

今晚，我得在吊床上过夜，明天再晾晒床单和棉絮。

那会是一头什么动物？我迫不及待想见到它的全貌，又怕它会趁我睡觉之际生吞了我。它瞧着我的时候，在想什么？前天和昨天，我都在林子边缘发现了粪便，它的老窝就在离我不远的地方，除了风声，或许还有它的鼾声。也许它认为我威胁到了它的领地。

我削了一根木矛，放在顺手能拿到的位置，不过，要是我们真交起手来，我必然不是它的对手。

在大瓦山的猎户中，只有我父亲徒手打死过一头云豹。

►

那时候村干部已经在吹风要取消猎民证，不允许放狗撵山，白熊谷一带的动物也大胆起来，有柴夫说，在那里见到过獐子。獐子能卖好价钱，但当时已经禁止猎杀了，于是，他们一行五人带了一杆枪和一顶帐篷，还带了狼皮死兔做伪装，结果当天下午就下了大雨。

第三天，与父亲同行的四个人回来，帐篷和枪都扔了，他们说，刚过崖关遇到了雾障和塌方，他们卸了重物，搭着肩膀走了出来，我父亲掉了队。事实上，他没有随他们往回走，当我们拿着手电沿途找他时，他偷偷扛着一头云豹回了家。

整张豹皮没有一处刀口或者枪口，他是用膝盖骨抵住它的脖子，直到它闭气。尽管他在售卖豹皮时被人举报，进去蹲了几天，但他仍为这个英勇之举得意了很久，我们没有告诉那些赞美他的人，那不过是一头怀了孕失去攻击性的云豹。

我没能继承猎人的残忍，更何况云豹与两米长的猛兽也不可比。

是的，这里住不长久了。

但至少要熬到六月份，建造一间简单的地下室，我需要更多的木材固定墙壁，还需要一些生石灰去潮。有更容易的办法，和死者住一起，我想到过，底下如同一间旅馆，从一九九九年的墓碑下去，再从二〇〇四年的墓碑出来，我又总会联想到那口迷宫般的溶洞，熄灭的火把和慌乱的呼吸，还有密密麻麻的骨灰匣。

漫漫长夜，我可不能睡得太熟。

五月一日

上个月二十八日，它的脚印和粪便又出现在附近。

二十九日的晚上，我起来撒尿，听到了它的喉音，它往前探了几步，又退走了。

我在屋顶撒了几枚铁蒺藜，门口筑了一道栅栏，这些防御都不堪一击，它在暗处消耗着我，一旦我显露疲态，它就将发动袭击。我得随时把农具握在手里，一边干活儿，一边观察四面的动静，像一只草原上的羚羊。

现在，我已经挖好了引道，斜切进土壤，距地面大概两米，下面有一层坚硬的岩石，岩石上竖几根支架，我就可以开始建地下室的主体了。如果我没有在临考前退学，我会选择工科，也许能成为一个建筑师。

事实上，那不能算退学，只是没去参加考试，母亲以为我去了，她为我准备了营养品和提神的风油精，我和他们一起进考场，然后躲到厕所，等一门考试结束，又和他们一起走出来，她问我考得怎么样，我说还行。

她每天都在翻阅报纸上的大学排名，为我圈出了几所学校的热门专业，到了放榜的日子，她准时拨通查分热线，我把准考证交到她手里，她反复听了十多遍，然后挂掉了电话，问我，怎么回事？我说，可能出错了。几个小时后，她接到了年级主任和班主任的电话，她过来敲我的门，我把门反锁了，她用头撞，然后用重物砸，最后我把门打开，她说不出话，跑到厨房取了一把菜刀，塞到我手里，让我杀了她，她坐到地上，我坐在床沿。

第二天，她去学校确认了成绩，然后叫来了她新交的有妇之夫，揍了我一顿，我没有还手。那个男人走之后，她在屋里踱来踱去，突然爬到了窗台上，她回头看我，那一瞬间，我不知道她只是吓吓我，还是真的要跳下去。我告饶了，我告诉她，我没有参加考试。她跳下窗台，嘴上说着造孽啊，造孽啊。

第三天，我们都不知道要怎么办。

第四天，她问我要不要复读，我说，不用了。

那个夏天，我始终处在游离的状态中，反倒是她表现得很愧疚，魂不守舍，我对她的反感更深了，她的愧疚跟我不相关，只跟她自己有关。

我不能想象念完大学会是什么样的日子，无论对我还是对母亲而言，结束学业都是最好的选择，我们的生活已经拮据起来，但她从不催促我出去找工作，她给我买了一台电脑，我用它写作。

我刚学写小说，一点也不愉快，写完一篇，就投到各家杂志社的邮箱，然后计算稿酬，没有一个编辑给我回过信，哪怕是退稿信，但我仍把它看成一份事业。直到转年春天到来，大约是在三四月间的一天，我并没有察觉到母亲有什么异常，她给我做好了早餐，我起床时，她已经出门了，中午，我给她打了一通电话，她没有接，我感到心绪不宁，到了晚上，警察把她送回了家，她浑身湿漉漉的，手里提着一个空箱子，眼神是木讷的，那时候，我才发现她已经年老色衰。警察说，她把箱子里的纸币倒到了河里，又跳下去捞，路人把她救了起来，她的脸冻得发紫，她去洗了个热水澡，光着身子走出来穿衣服，乳房干瘪下垂，遗传的彝族骨架上挂着松垮垮的皮。

当天夜里我就想好，我得去工作。

煤油灯在我的头顶，影子和字都印在纸张上，我看到了自己的轮廓，我想她了，我犯下的所有错误都是为了与她保持距离或者远离她，她一定过得很不好。

经过几场应聘后，我成了园林公司的修剪工，同时还负责喷洒农药，而她又一次从被甩的阴影中走出，被人引荐入了教会，饭前会虔诚地祷告，偶尔带回来几个她的同龄教友，脾气也渐渐安宁下来。

我本以为我会在几年内找到女友，然后结婚，和平地离开她。我的确和一个比我大的女人好上了，我们是在公司的年会上认识的，她约我看了几场电影，每次都是中午场，人很少，或者就只有我们两个人，我对电影不感兴趣，她看得很投入，有一次，我们从电影院出来，她一路都在哭，我们在长椅上坐下，她伏在我的肩头，过了一会儿，又觉得不太好，没打招呼就走了。

她有一辆快报废的吉普，是她前夫留给她的，一个周末，我们驾着这辆车去了康定，那是我第一次碰方向盘，一会儿便熟练了，她从副驾驶换到后排睡觉，开到燕子沟时起了大雾，只得把车停下来。

她醒过来，说想喝水，我把水壶递给她，她抱住我，我们在后排做爱，我什么也不会，玻璃上积了一层厚厚的水蒸气，我们换着开完了剩下的路程。

又要下雨了，风声越来越大，我嗅到了一股动物的气味，它在离我五十米远的地方走动，我腾出一只手，拿铁锨拍打石块。

我们到县城的宾馆开了一间房，伴着高原反应，我们又试了一次，我射到了她的阴道里，她到卫生间冲洗，我给家里打电话，她出来正好听到，她问我给谁打的，我告诉她我和母亲的关系和过去的经历，她开了一个过分的玩笑，我没有放在心上。次日，我们没去景区，直接开车回去了。

母亲没有发现我已经恋爱，她的精力都放到教会上了，他们的活动神秘兮兮，从一周来一次到一周来三次甚至四次（我怀疑根本没有教堂），他们小声地交流，见到我就停下不讲，我正沉浸在一次次的性爱中，没工夫干预她。

大约在我和离异女人好了半年时，我把她带回了家，我们已经筹划着结婚的事，之前我跟母亲介绍过她，但没提到她的年纪，母亲也正和一个鳏夫教友好，我们约好晚上回家吃饭。

母亲第一眼看到她有些吃惊，但立马转变神态热情地接待她。在饭桌上，母亲心不在焉，反倒是那个鳏夫和我的女友谈得火热，他是个天生的演讲家，从社会运动聊到改革。我因为母亲的态度变得有点拘谨，吃完饭，我们小坐了一会儿，女友把我叫到一旁，她说我母亲偷偷看她，像是用锥子在扎她。我找了个借口，让女友先走，这时候，母亲说鳏夫没开车，于是我让女友送他。

我刚关上门，母亲说了一句话，把我吓坏了，她凑到我耳边说，父亲就在屋子里，她看到了他阴沉沉的脸。

母亲一直没有工作，但她总能在紧要关头变戏法似的拿出钱，在她说那个话之前，我一度以为她找到了父亲。

我和女友的感情遇到了波折，她的前夫回来找她，想和她复合，我才知道，他们有个四岁的孩子，她没告诉我，但我看出她犹豫过，再后来，她前夫和她撕破了脸，经常到公司闹，我和他打了一架，并且和女友约定，一到合法年纪就去办手续，现在想来有些荒唐。

它站住不动了，在灯光照不到的地方，我做好了应战的准备，只是希望它别那么着急。

我跟母亲说了结婚的想法，她问我那女人到底多大，我撒谎说，只比我大三岁，她问我是不是为了离开她才结婚，我说不是，她喋喋不休地说起她的痛苦，我没有听完打断了她，她说等我们结婚时再搬走吧。

鳏夫把我们家当成了据点，搞得乌烟瘴气，我总算弄明白他们不是正统基督教，那鳏夫妄称会通灵，他是个彻头彻尾的骗子，我冲他们发过一次火，因为他们把我女友也拉进去跳灵舞，我告诉女友，他们是帮骗子，她问我，为什么不阻止母亲，我说，她怎么样，不关我的事。

也许是巧合，赶走他们的第二天，我就发生了意外。

除虫时，喷嘴堵塞了，我取下眼镜检查，农药弄到了我的眼睛里，我被送到医院，缠上了厚厚的绷带，公司给我认定工伤，出了医疗费，让我在家休养，我度过了黑暗的两周。女友不是瞬间从我的世界消失的，她先是从我的视觉中消失，再逐渐从我的听觉中消失，头三天，她每天都来，给我送些偏方补品，我们商定了办手续和宴席的日子，后来，她隔天来一次，母亲把她叫到外面说了些话，最后三天她没来，等我拆开绷带，就再也没有她的消息了。

在我的记忆中，鳏夫也是这样离开我母亲的。让我疑惑的是，她为什么消失，也许是回到了前夫身边，也许是被那帮教徒拐走了，都不是什么好结果。从园林公司拿到报销费用和季度奖金后，我辞职了，揣着那笔钱，在各色女人身上找离异女人的味道，可是每次都会看到母亲死沉沉的脸，让我更绝望的是，当我回家后，母亲总是抱着一只猫，盯着别处说："你父亲在屋子里。"

不会有决斗，也不会有撕咬，他走过来，脑袋伸了进来，我停下笔，他问了我一句，是不是地板厂的人，我说不是，他便走了。

五月二十八日

我到墓地睡了大半月，算是被他们赶过来的，连旁边的农户也暂时搬走了。他们早晨来，午夜又来，蒙着脸，拎着油桶，我大概猜到了他们要干什么，也猜到了前些天的火灾是怎么回事。

我捡到过一份抗议传单，大意是要求地板厂停止粉尘排放并且迁址，否则会干些出格的事情，下面署了一堆名字。但我并不想离开这里，哪怕他们在我的棚屋里留下纸条警告。我的地下室才建到一半，再有半个月或者一周多点，我就可以搬进去了。

近几天他们没来，我瞅着会安宁一阵，便回来住。

和死人睡在一起时，我总是梦见死人，不仅梦见已经死掉的人，还梦见活着的人死了。

比如我的母亲，她拿起电话，她认为她和撒旦通上话了，她走到厨房，用抹布堵上门缝，打开瓦斯罐的阀门，她笑起来，那些与她做爱的棱角分明的男人们变得柔和，当死亡来临时，她将原谅他们，还有那个小脚女人和划伤嘴角的女人，以及她们的消失的记号和遥远的缅甸，当死亡来临时，她将原谅她们，还有她背弃大瓦山时牵着的小孩，当死亡来临时，她也会原谅他，是的，死亡真的来了，她来不及原谅自己。比如我的父亲，他带着双管猎枪，越过崇山峻岭，走到我们找不到他的地方，开垦荒地，娶妻成家，直到疾病将他摧毁，他才举起锈迹斑斑的猎枪，打出最后一发子弹。比如肚皮隆起的女生，我们坐着火车，到不同的旅馆做爱，永远是夏季，永远是炽热的身躯和臭烘烘的呼吸。比如猪肝，他依然做着偷偷摸摸的勾当，只有在夜晚，在出租屋，才与李义山和杜子美对话，他酗酒，吃下一大盘牛肉，倒在卧室门前，腿肚子大的老鼠舔舐他嘴角的残渣，他属于下水道，不属于公墓和火葬场。

我也梦见了我自己，但我不会写在这里。

过去，我总希望读到没有结尾的书，永无休止地写，永无休止地读，像一场恋爱，谁也不想结束。这样的书不会有。如果将死亡当作一段故事的结局，就不再有所谓的悲壮或凄凉，也不再有所谓的伟大或渺小，故事的结局总是那么唐突。

它们微妙地组合
像一出交响曲 提琴的尾音迎接小号的高潮
一段故事的结局成了另一段故事的开篇
死亡连着死亡 唐突与唐突
被压成一个平面
比瞬间还要薄
唐突与唐突与唐突与唐突
抱在一起，成为历史的注脚
最底下一行，最小的字体
我是墨水里的一粒炭粉

花斑走后的那天晚上，这粒炭粉早早关掉灯，走到客厅，把眼睛贴到坏掉的锁孔上，它看到，母亲脱掉睡衣，拉开衣柜，站在内镶的镜子前，从容地戴上头帕、银链、彩珠和耳圈，装扮枯萎的肉体，它看到，她从衣架上取下蓝布、佩带、大襟衣、长裤、披衫和豹皮，依次摆在床单上，它认得，那就是衣冠冢里的父亲，它看到，她躺到他旁边，盖上被子，灭了灯，它只听到女人的声音，悄悄话以及呻吟在房间里流动。夜晚从脚底漏空，这粒炭粉整宿都被一双眼睛盯着，与窗户平行的树干上，花斑蜷缩着，像一坨树瘤，吸收养分，长到一人长，不，比一人还长。它看着，男的女的，老人小孩，农民工人，警察小偷，教师赌棍，乞丐商贩，医生病人，一行行走过去，它等待着那张脸的出现，然后喊着，再看着那张脸继续被人潮淹没。这粒炭粉第二天走出大门，再也没有回去。

笔记本快用完了，还能写十天，也许七八天。

六月一日

上午，他们来清场，我正在撒石灰粉，一个三十来岁的男人把我叫到洞口，他说："不管你要做什么，今晚不能待在这里了。"我没有回答，他又重复了一遍，至少今晚。

也许他是对的，今晚我的确不应该待在这里。

下午，我到江边洗衣服，路上没有人也没有车，连船屋也被拉到了对岸。我洗完衣服，往回走时，看到土狗蹲在路中间。

我认得它，喂了它一些吃的，它还是蹲在原地。从傍晚七八点开始，它就在叫唤，我出去瞧了一眼，没找到它。

大约半个小时后，它的吠叫越来越紧，突然又终止了。

这时候我才放下手头的食物，拿起铁锨，绕着桉树林巡了一圈，我发现河溪畔停了六七辆摩托车，还有几个年轻人在山下抽烟，看样子，他们还得再等三四个小时。

树林里偶尔有声悠远的鸬鹚之类的鸟叫，除此之外，便是一片肃静。这种时候，不会想到诗句，只会感到一块巨型钢板正缓缓压下来，我吹着口哨，把铁锨拖在地上制造噪声。

我又一次听到了喉音，是饿极了的野兽才会发出的，从我的正前方传来，它也警觉到我正在靠近，尾巴在扫动，呼吸也克制住了。

我抬起铁锨。

棚屋里微暗的烛光将它的影子推得很远，从木头与木头的缝隙筛出来。

我蹲下去，让黑暗把我吞没。

它太美了，身长与我预估的差不多，但比想象中要瘦。它伏在我的床上，弓着后肢，一条前肢伸在前面，另一条前肢抓住床单，脑袋与健硕的后背呈直线，耳朵竖起来，每一块凸起的骨头都显露出饥饿与攻击性，它等着门帘被掀开，这家伙太狡猾了，它摸清了棚屋的布置。

我知道，如果把它从棚屋里吓出来，就失去了最好的一次

►

机会。我脱掉鞋子，绕到了门帘的斜前方，它没有看到我，它有点慌乱了，不停地摆动脑袋。我再次蹲下，离门帘只有五步远，时机还没到，得耗到它犹豫。

这次我看到了它的正面，并不像它的背部一样英武，这是一头没有鬃毛的狮子，它在舔伸直的前肢，那里有一道十公分长的伤口，它的利齿被锯掉了，一定是从马戏团逃出来的。

我告诫自己不能手软，我没有如它所愿，冒失地落入它的圈套，的确，我有点儿怜悯它，尤其是当它焦躁地甩动尾巴时。

我挪到了更近的位置。

这时候，它站了起来，自认为失算了，垂头跨到了门口，它怎么也想不到，它的晚餐正挥起铁锹朝它的脑门拍去。

它发出一声长嚎，我仿佛看到整片桉树林都在生长，仿佛看到鹰和野兔，熊和獾猪，云豹和豺狗，在高大的树林间互相残杀。

它跃起来，现出棕色与白色相间的腹部，我闪了一步，铁一样的爪子捶到我的肩膀，趁它还未回转身，我忍着剧痛，举起铁锹，斜砍向它的颈椎。

我用尽了力气，反弹的铁锹从我手中脱落，它前肢扑到地上，后肢撑起来，还试图往前走。我把错位的食指掰正，捡起铁锹，重重地，一下下拍打它的脑袋。

我们俩都在哭，整片森林都在呜咽。

现在，它仍在门外，摩托车轰鸣，年轻人扭紧了油门，我得放下笔，去欣赏最后的美景了。

图书在版编目（CIP）数据

侦探小说家的未来之书／周恺著．—南京：译林出版社，2020.12

ISBN 978-7-5447-8404-7

I.①侦… II.①周… III.①短篇小说－小说集－中国－当代 IV.①I247.7

中国版本图书馆CIP数据核字（2020）第177816号

侦探小说家的未来之书　周恺／著

（现场文丛）

丛书主编　何　平

责任编辑　魏　玮

书籍设计　XiaomaChengzi

校　　对　戴小娥　孙玉兰

责任印制　颜　亮

出版发行　译林出版社

地　　址　南京市湖南路1号A楼

邮　　箱　yilin@yilin.com

网　　址　www.yilin.com

市场热线　025-86633278

排　　版　南京展望文化发展有限公司

印　　刷　南京爱德印刷有限公司

开　　本　850毫米×1168毫米　1/32

印　　张　6.625

版　　次　2020年12月第1版

印　　次　2020年12月第1次印刷

书　　号　ISBN 978-7-5447-8404-7

定　　价　48.00元